優しい家族と、
たくさんのもふもふに
囲まれて。
～異世界で幸せに
暮らします～

ディル&リュカ
ユーキと契約した妖精。ディル（緑）は遊ぶのが大好きな元気っ子、リュカ（黄色）は自分にも厳しいしっかりもの。
マシロ
ユーキが異世界転生する際に神様から相棒として遣わされた魔獣フェンリル。ユーキの言うことは何でも聞いてしまう甘い一面も。
シルフィー
ユーキと契約したカーバンクル。ユーキに似て好奇心旺盛。
高橋勇輝《ユーキ》
神様によって異世界に転生された男の子。動物が大好きで、よく絵本を読んでは想像の中で動物と遊んでいた。特に犬が好き。

オリバー
騎士団の副団長。小さい子供には優しいが、大人には厳しく小言が多い一面もある
アンソニー
ウイリアムの長男。魔法が得意で、ユーキにとっては面倒見の良い優しいお兄ちゃん。
ウイリアム
カージナルの街にある騎士団の団長。森の中でユーキと出会い、運命的なものを感じて、自分の家族として迎えることを決意する。
オリビア
ウイリアムの妻で元冒険者。何があっても動じない強さを持っている。

CONTENTS

優しい家族と、たくさんのもふもふに囲まれて。

～異世界で幸せに暮らします～

ありぽん

イラスト
Tobi

プロローグ

「あんたのせいで……、あんたのせいで！」

　僕の記憶はここで途切れました。


　次に気が付いたのは、真っ白いお部屋の中。

「ここはどこ……？」

　お部屋の中を、僕はふわふわ宙に浮かんでました。おお、凄いね。僕飛んでる。このお部屋どうなってるんだろう。きょろきょろ色々見渡したけど、なんにもないお部屋です。その時、突然声が聞こえました。

「僕が、ここに呼んだんだよ。ここは、僕が君のために用意した部屋です」

　ビクってしたよ。だって突然なんだもん。しかも声だけで、人の姿はありません。

「誰……？　僕はどうしてここにいるの？」

「僕は君たちの世界でいう神様だよ。それでね、僕、君に謝らなくちゃ。ごめんね、せっかく君の魂《たましい》は光り輝くことのできる魂だったのに、僕の加護《かご》がちゃんと働かなくて、こんなことに

「……」

神様？　神様って確か、みんなを見守ってくれる人だって、絵本に書いてあった。その神様が、姿は見えないけど、今ここにいて、僕をここに呼んだって言っててます。

それでね、僕なんとなく気付いたんだ。どうしてか分からないけど。でも一応、神様って言ってるこの人に聞いてみたんだ。もしかしたらって思って。

「もう、お母さんのところに、戻れない？」

「……うん」

やっぱりそうなんだ。もうお母さんには会えない。あんまり一緒にはいられなかったけど、それでも僕の好きなお母さん。

「僕ね、お母さんの言いつけ、頑張って守ったんだ。でもお母さん、笑ってくれなくて、いつも疲れた顔してて、僕、お母さんになんにもしてあげられなかった……」

「そんなことはないよ。君は小さいながら、やれることはやったんだ。胸を張っていいんだよ。それでね、今まで頑張ってきた君に、僕からプレゼントがあるんだ」

「プレゼント？」

「そうだよ。受け取ってもらえると、嬉《うれ》しいんだけどな」

僕はそう言われて、少し考えました。

今まで一度もプレゼントをもらったことなかった。お母さん、僕は役に立たないからプレゼントなんてないって。ずっとそうだったんだ。勝手にプレゼントをもらうのもダメだって。もうお母さんには会えないけど、約束破って、プレゼントをもらっても大丈夫なのかな？

そう思ったけど、心の中では少し、ワクワクな気持ちがあって……。僕、プレゼントもらってみたいな……。

「神様、僕、プレゼントもらっても、お母さん怒らないかな？」

「もちろん！　なんたって神様からの贈り物だからね！」

お母さん怒らない？　本当かな？　でも神様が言うなら、本当なんだよね。だったら。

「う〜ん……。僕、プレゼントもらってみたい！」

僕の言葉を待ってたみたい。神様の元気のいい声が聞こえました。

「よし！　決まり！　じゃあ、説明するから、よく聞いてね。今まで頑張ってきた君は、これから君が幸せになれる世界へ行くよ。今までと別の世界。そこで新しい生活を始めるんだ。もちろん、君がとっても楽しく過ごせる世界だから安心してね」

「別の世界？」

どんなところに行くのかな？　今まで僕が住んでたみたいなところかな？　それとも全然違う場所なのかな。神様は楽しいって言ってるし、僕、楽しいならどこでもいいや。

「そう。その世界で、君がたくさん笑顔でいられるように、今度こそ必ず、僕の加護が君を守るから」

「加護？」

「まだ君は気にしなくていいよ。それよりもまずは、別の世界を楽しんで。ああ、そうだ。新しい生活を始める君に、もう1つプレゼント。君はワンちゃんとネコちゃん、どっちが好きかな？」

プレゼント、1つじゃなかった。2つももらっちゃった。ワンちゃんかネコちゃん、僕にくれるって。別の世界で一緒に遊べるよ、って言われました。初めてのプレゼントが、2つももらえるなんて、とっても嬉しい！　それに僕、動物好きなんだ。いつも動物の本読んでたんだよ。

うんとね。僕はワンちゃんがいいかな。近くのお家で飼ってたワンちゃん、僕大好きだったの。

「じゃあ、君にワンちゃんをプレゼントだ。向こうの世界でワンちゃんが待ってるからね。起きたらすぐ会えるよ。じゃあ、これから君を別の世界に送るからね。そうそう、大きくなったら、教会に遊びに来て」

大きくなったら？　すぐじゃなくていいのかな？

「うん。分かった！」

「いい返事だ！　じゃあこれから君が生活する別の世界へ、出発！」

神様のかけ声と共に、僕の記憶は途切れました。そして、途切れる瞬間、僕は神様の声を聞いたよ。

「あ！　間違えた！」

…………え？

＊＊＊＊

「ああ～、また失敗しちゃったよ。まあ、近くだし、大丈夫でしょう」

「何が大丈夫だって？」

「げっ、ルーカス、見てたのか」

いつの間にか、神様仲間のルーカスが、僕の後ろに立っていた。

「心配で来てみれば、お前は何をやっているんだ！　彼らがあの子を発見できなかったら、どうするつもりだ！」

相変わらずの心配性だな。大体ルーカスは真面目《まじめ》すぎるよ。いつも僕のことを確認しに来ては、注意ばっかりしてくる。

「大丈夫だよ。彼もつけたしね」

「はあ～、このことは、みんなにも伝えるからな」

「そんな～！」

「うるさい！　全くお前ときたら……」

ブツブツ文句を言いながら、ルーカスは消えていった。ワザとやったわけじゃないのに、またみんなから文句言われるよ、面倒くさい。

まあ、一応、彼を新しい世界へ送ったし、とりあえずは、第一段階クリアかな。僕は、彼がこれから送るだろう新しい生活を思い浮かべて、ニヤニヤ笑っちゃった。

「高橋勇輝《たかはしゆうき》くん。新しい世界で、今度こそ幸せに」

1章　別の世界に到着

ふと僕は目を覚ましました。

目をこすり、あたりを見渡します。目の前には小さな池があって、周りは大きな木ばっかりです。

「ここが、あたらしいしぇかい？　……ん？　ありぇ、ことびゃが……」

体を見てみると……。小さくなってる！　神様、僕、小さくなってるんだけど、どういうこと⁉

立ち上がろうとして、足元がふらついて、倒れそうになっちゃった。今までみたいに、しっかり歩けない。体が小さくなったから？　慣れたらもう少し、しっかり歩けるかな？　あれ？　だから神様、大きくなったらって言ったの？

そんなふらふらな僕を、何かが支えて座り直させてくれました。支えて……？　違う。誰かが僕を掴《つか》んで持ち上げて、座らせてくれたんだ。

後ろを振り返ると、そこにはとってもとっても大きな、１匹のワンちゃんがお座りしていたよ。

この子が神様の言っていたワンちゃんなのかな？　このワンちゃん、どう見ても、普通のワンちゃんの何十倍もあるんだけど。

『主《あるじ》、目が覚めてよかった。なかなか目を覚まさなかったから、心配したぞ』

「………」

『どうした、主？』

「ワンちゃん、おはなしできうの？」

ワンちゃん、僕と普通にお話ししてる。

『ああ、そういうことか。この世界では、我のように話ができる生き物もいるんだ』

そうなんだ。なんか凄いね。動物とお話しできるなんて。僕の持ってた絵本に、動物と話せて一緒に旅をするお話があったんだ。僕、その本、大好きだったから、ワンちゃんと今お話しができて、とっても嬉しいよ！

「ワンちゃん、おなまえは？」

『我に名前はまだない。主がつけてくれ』

さっきから「主」って言ってるけど、主って？　ワンちゃんに、主って何か聞いたら……。

『そうか、主を知らないか……。「飼い主」とでも言っておくか。今は契約が先だ』

ワンちゃん、なんかブツブツ言ってる。何言ってるのか分かんないよ。

「ワンちゃん？」

『ん？　ああ。主とは、飼い主ってことだ』

飼い主。そうか、ワンちゃんを僕がお世話するんだね。そう言ったら、頷《うなず》いたよ。

『そうだ。さあ、名前を』

うーん、どうしようかな？

ワンちゃんはとっても大きくて、真っ白な雪みたいに綺麗《きれい》な毛だよ。まっしろ、マッシロ、マシロ！

「ワンちゃん、おなまえ、マシロは？」

『マシロ、いい名前だ。我はマシロだ。主、これからよろしく頼む。我は何があろうと、主の側《そば》を離れない。どんな時も主の味方だ』

僕は、マシロの飼い主になりました。でもね、また絵本のことを思い出したんだ。

その絵本では、今の僕みたいに小さい男の子が、やっぱりワンちゃんの飼い主なんだ。絵本の最後にはね、お友達にもなるんだよ。

飼い主だけど、お友達。僕もそれがいいな。僕、お友達が欲しい。今までいなかったから。

マシロ、お友達になってくれるかな？

「あのね、マシロ、おねがいありゅでしゅ」

『なんだ?』

「ぼく、マシロとおともだち、いいでしゅか?」

マシロは、目をパチパチ。ちょっと驚いたみたいな顔してました。そして。

『ああいいぞ。主は我の飼い主で、友達だ』

よかった! 僕に初めてのお友達ができました。初めての友達。嬉しいなあ。

お友達ができて嬉しいけど、僕はどうすればいいのかな? ここは森の中みたいだけど、このままここにいたらダメだよね。でもこの体じゃ、きっとそんなに歩けないし、どうしようかな、マシロと相談してみよう。

「ねえ、マシロ。こりぇからぼく、どしたらいいでしゅか」

『ああ、そういえば、あいつが場所を間違えたんだな……』

マシロが何か小声で言ったけど、聞こえませんでした。

「マシロ?」

『ああ、いや、なんでもない。とりあえず、人のいるところに行こう。神様が会わせてくれるはずだった者たちのところへ……!』

突然、マシロが僕を庇《かば》うように立ち上がり、森の奥の方を見て、唸《うな》り始めました。

「どしたの、マシロ?」

『我としたことが、こんな近くに来るまで存在に気付かなかったとは。主、なるべく動かず、静かにしていろ』

マシロがそう言ってすぐに、森の奥からとっても大きな鳥？　の動物が現れた。車を２つ並べたくらいの大きさです。

「マシロ、なに、あのどうぶちゅ？」

『動物ではない、魔獣《まじゅう》だ』

「まじゅう？」

『そうだ。奴め、上位種か。気配を絶っていたな。主、大丈夫だ。我が側にいる』

「うん。ぼく、だいじょぶ。マシロいりゅから」

魔獣は僕たちの方をじっと見て、いつ襲おうか、考えてるみたい。マシロは、僕を守りながら、ウウ～って唸ってくれます。

それでね、僕、確かに魔獣を見て最初は怖かったんだけど、マシロが側にいてくれると思ったら、全然怖くなくなったんだ。

『主、少しの間、目を閉じていてくれるか。終わったら声をかけるからな』

「うん？　いいよ」

『すぐ終わらせる！』

僕が目を瞑《つむ》った瞬間、とても強い風が吹き抜けました。僕はその風のせいで、体が小さいからコロコロ転がっちゃったけど、マシロに言われた通り、目は瞑ったままでいました。マシロが声をかけてくれるのを待ちました。

色々な音がしました。マシロの声、魔獣の鳴き声、風の音、本当に色々な音がしました。そして、急に音がやんで、静かになりました。

『主、もう大丈夫だ』

マシロの声で、僕はそっと目を開けました。すぐ前にマシロはいました。その後ろの方を覗《のぞ》いてみると、さっきの魔獣が横になってて、全然動きません。

「マシロ、かった」

『ああ、もう心配はいらない。それに、今の騒ぎでもうすぐやってくる』

「？」

僕の別の世界での生活は、とても騒がしく始まりました。あとで知ったけど、どうも神様のせいでこんな風になったみたい。でも、そうと知ったのは、とってもとってもあとのことでした。

「マシロ、なにがくりゅの？」

『ああ、これから主の家族になる者たちが、今の騒ぎを聞きつけてやってくるのだ。本当はその者たちの近くで主は目覚めるはずだったのだが、あの、バカ神め』

マシロ、神様のこと、バカって言っちゃってるけど、いいのかな？　でも今はそれより、マシロ、今、家族って言った？　本当に？

「ぼくに、かじょくができゆの？」

『そうだ。神が選んだ者たちだ。だが、あちらはまだ、我々の存在を知らない。何か質問されたら、答えられることだけ、返事をすればいいだろう』

神様は、僕に友達を作ってくれただけじゃなくて、家族も作ってくれたの？　ありがとう！

「わあああ、たのしみでしゅ！　ぼくのかじょく！　かじょくもできて、ともだちもできて、ぼくとってもうれしいでしゅ。もうしゅぐなの？」

『ああ、間もなくだ。気配が近づいてきている』

もうすぐ、僕の新しい家族に会える。僕は、ウキウキしながら、家族になってくれる人が来てくれるのを待ちました。


しばらくして、木の向こうから、ガヤガヤざわざわした人の声と、ガチャガチャと金属のこすれ合う音が、僕たちの方へ近づいてきました。でもね、僕、何か急に、不安になっちゃった。もし嫌われて、家族になれなかったらどうしよう。このままここに置いてかれちゃったら……。

僕が不安になったのに気付いたのかな？　マシロが、声をかけてくれました。

『大丈夫だ、主。何があっても、我が側にいると言ったであろう』

あ、そうか。そうだよね。今から会う人たちと家族になれなくても、僕にはもうマシロがいてくれます。僕はマシロの、ふわふわな毛に抱きつきます。とっても気持ちいいんだよ。マシロの言葉に、僕とっても安心しました。マシロにありがとうをしました。

マシロに抱きついていたら、木と草がいっぱい生えている方から、ガサゴソ、ガチャガチャって音が聞こえてきました。

「さっきの大きな騒ぎは、この池の方か？」

「ええ、確かにこの方角です」

「全く、何があれば、あれほど大きな音と風が吹き荒れるんだ、一体何が……」

そして、「よしここだな」っていう声と一緒に、男の人たちが現れました。みんな同じ、カッコイイお洋服着てます。マシロに抱きついている僕と目が合いました。男の人たちは驚いた顔をして、ピタっと止まりました。そうだよね。こんな毛がふわふわでカッコイイマシロを見たら驚くよね。でもね突然、１人の男の人が、

「全員剣を抜け！」

と言いました。そしたら他の男の人たちが全員、ザッと剣を抜きました。え？　どうしたの。

なんでみんな剣出したの？

「なんでこんなところにフェンリルが！　あんな小さい子供まで！　フェンリルに捕まったのか！」

「団長、どうしますか！　相手がフェンリルでは、我々だけでは到底敵《とうていかな》いません！」

「分かっている。しかし、子供を放っておくわけにもいかんだろう！」

もしかして、僕がマシロに捕まってると思ってるの？

そうか、こんな大きなマシロと、小さい僕だもんね。知らない人が見たら、マシロが僕のこと襲ってるように見えるのかな？　ちゃんと男の人たちに大丈夫って言わなくちゃ。

団長と呼ばれてた人が、僕に話しかけてきました。

「大丈夫か、今助けてやるからな！」

僕を助けようとしてくれてる、優しいおじさん。ちゃんと僕を見て、お話ししてくれました。嬉しいなあ。この頃はお母さんが僕をあんまり見てくれなくて、ちょっと寂しかったから。あっ、早くお返事しなくちゃ。

「ぼくは、だいじょうぶれしゅ。マシロいいこでしゅ。ケンカはだめでしゅよ」

僕の返事に、団長さんが、えっ？　ってお顔をしました。

「今なんて？」

「マシロはぼくの、おともだちでしゅ。こわくないでしゅよ」

僕の言葉に、その場にいた人たちが顔を見合わせて、何かごにょごにょ話し始めました。でも剣はそのまま。少しして、最初に声をかけてくれたおじさんが、また話しかけてきました。

「本当に大丈夫なんだな。剣をしまうが、いいんだな？」

「はいでしゅ！」

僕が元気よく手を挙げてお返事すると、団長さんがボソッと、

「可愛い……」

そう呟《つぶや》いてから剣をしまいました。そうでしょう。マシロの毛はふわふわ、綺麗な色だし大きいし、カッコイイでしょ！　僕の大切なお友達だよ。ん？　可愛い？　マシロは「カッコイイ」だと思うんだけどな、まあいいか！

他の人たちも、団長さんに続いて剣をしまいました。これでケンカにならないね。

団長さんが横を向いて、あっちに倒れている、マシロがさっき倒した鳥の魔獣に気付きました。

「これは……、ビッグエアーバードの変異種か！」

「わからないでしゅ。でも、マシロ、とってもつよいでしゅ。まもってくれまちた！」

僕が、マシロは凄いっていうことを、小さな両手を一生懸命に上げながら説明しようとした

ら、なんか団長さんたち、みんなが手で口を押さえてプルプルしてた。なんで？　僕、何か、笑われるようなこと言ったかな？　なんかまた、さっきみたいに不安になってきちゃった。

そしたら、今まで黙っていたマシロが庇うように、大きなしっぽで僕を包んでくれました。あったかくて、安心できます。

『お前たち、なぜ笑っている。主をバカにしているのか』

「は？　いや、え、しゃべっ、まさか、フェンリルの上位種……」

『質問に答えろ』

「いや、別に笑ったわけではないんだ。この子があんまり可愛い仕草《しぐさ》なものだから、つい」

「もう、わらわないでしゅか？」

マシロのしっぽから顔だけ出して、団長さんに声をかけます。

「うっ……、大丈夫だ、笑ったりなどしないよ。君が可愛くて、みんな、顔が緩《ゆる》んでしまっただけなんだ」

よく分かんないけど、僕、変なこと言って笑われたんじゃないんだよね。よかった。

『くくっ、主は誰よりも可愛いからな』

今度はマシロが笑いました。もう、なんでみんな笑うの。僕だけ分かんなくて、ちょっとヤダ。ぶー、僕は口を尖《とが》らせました。

『すまんすまん、怒るな主』

マシロとちょっとだけケンカしたら、向こう側で団長さんたちがまたプルプル震えてたの。

僕はもう知りません。少しして、僕とマシロが静かになると、団長さんが僕の名前を聞いてきました。

「君、名前は？　どうしてここにいるか、教えてもらってもいいかな？」

団長さんは僕と目線を合わせるように、膝《ひざ》をついて話しかけてくれたよ。

「いいでしゅよ」

最初はちょっとだけバタバタしたけど、僕はどうやら、僕の家族になってくれる人たちと出会うことができたよ。

ん？　神様のこと、どうやって説明しよう？　神様のこと言わない方がいいよね。そんな気がする。誰か知らない人にここに連れてきてもらったことにすればいいかな？　どうしよう。

「私は、この森の少し先にあるカージナルという街の騎士団長、ウイリアムだ。あと、後ろにいる4人は、私の方から順番にオリバー、リアム、ノア、マシューだ。オリバーは副団長でいつも私より偉そうにしている。まあ確実に、書類作業は私よりも上だ」

それ、そんな風に自信満々に言っていいことかな？

「当たり前です。あなたに書類仕事など、任せられません！」

副団長さんも自信たっぷりだ。団長さん、もう少し書類のお仕事頑張ろうよ。団長さんなんだもん。ね。

「君の名前は？」

「えっと、ぼくのなまえは、勇輝《ユーキ》でしゅ」

「ユーキか。ユーキはなんでこの場所にいるのか分かるか？」

団長さんは、ゆっくりと質問してくれます。でも、なんでこの場所にいるかは、僕も分かんない。だって、ここは、神様がプレゼントしてくれた新しい場所だし。神様のことはやっぱり、「知らない人」って言っとこう。

「うーんとねえ、しらないひとに、ここまでおくってもりゃったの。マシロもぼくに、ぷりぇじぇんと、してくれたでしゅ」

「知らない人？　フェンリルをプレゼント？　何か他に分かることはあるか？」

「えっと、しあわしぇになりなしゃい、いってくりぇまちた！」

だよね。そう言ってくれたよね。最後に「間違えた」って聞こえたけど、ちゃんとマシロのいるところに送ってくれたよね。

「……そうか。ちょっと待っててくれるか？」

「はいでしゅ！」

団長さんは一度僕から離れると、他の人たちと何か話し始めました。僕はその間、マシロのしっぽをもふもふして待ってたよ。戻ってきた団長さんに、今度はマシロのことを聞かれました。

「もう1つ聞きたいんだが、そのフェンリルは、君の契約魔獣なのか？」

「けいやく、まじゅう？」

なんのことだろう、マシロは僕のお友達だけど、そのことかな？

「マシロはぼくの、おともだちでしゅよ」

「友達……」

僕がそう言ったら、マシロが話に入ってきました。

『主はまだ契約魔獣のことは知らん。我が側にいたいために、名前をつけてもらった』

マシロは「契約魔獣」のことを知ってるみたい。じゃあ、マシロがお話しした方がいいよね。マシロにお任せです。

「マシロと呼んでも？」

『許す』

「確かに、契約を結んでいるんだな？　こちらはユーキを保護しようと思っているんだが、保護していいだろうか？」

『ああ、頼む。我だけでは、限界があるのでな』

保護ってなに？　って聞いたら、これから僕を街に連れていってくれるんだって。よかった。じゃあ、街へ行ったら、マシロが言ったみたいに、家族になれるのかな。

「そうか。そうなると、魔獣には契約の印が必要なんだが。なんでもいいんだが、首輪とか、腕輪とか、何か印になるようなものを付けてもらいたい」

『ふむ……』

「ぼく、なんにももってないでしゅ。マシロ、いっしょらめ？」

話を聞いていた僕は、マシロと離れなくちゃダメなのかなって思って、涙が出そうになっちゃった。そんな僕を見て、団長さんが慌《あわ》ててます。

「いや、大丈夫だ、確か、野営地の道具箱に首輪が入っていたような……。マシロは大きいが……まあ、腕にならつけられるだろう」

僕はマシロのしっぽにしがみつきました。せっかく友達になれたのに、離ればなれなんて絶対ダメ。僕の大切な友達だもんね。

その時、ぐ〜、と僕のお腹が鳴りました。そういえば、何も食べてない……、お腹減ったなあ。

「クックックッ、随分《ずいぶん》元気なお腹だな。悪い悪い、お腹減ってるよな。じゃあ、とりあえず俺たちの野営地まで移動しよう」

そう言うと団長さんは、ヒョイと僕を抱きあげると、さっさと歩き始めました。

「わあああ、たか〜い！」

今まで僕、誰かに抱っこされたこと、なかったと思うんだ。だからちょっとドキドキです。

楽しいなあ、嬉しいなあ、僕がキャッキャって喜んでたら、今度は団長さん、肩車《かたぐるま》してくれました。

「ふへへ、たのしい〜！」

「そうか。よかったな」

ハハハと笑って、団長さんはスタスタ森の中を歩いていきます。同じような景色が続くのに、よく迷わないね。僕ならきっと迷子になっちゃう。なんて思ってキョロキョロしてたら、突然木がなくなって、テントが3つある場所に着きました。

「ここが、俺たちの野営地だ。ちょうど夕飯を作るところだったんだ。少しここで待っててくれ」

そう言うと団長さんは、僕を丸太の上に座らせて、自分はテントの中に入っていった。他の団員さんも自分たちの仕事を始めました。

色々なものが初めて見るもので、ただ座っているだけなのに、とっても楽しいです。マシロは僕の後ろに「伏せ」して、僕が丸太から転がらないように、しっぽで支えてくれてます。少しして団長さんが、手に何かを持って、こっちに近づいてきました。

「あったあった、これだ。魔獣用の首輪。やっぱりマシロには小さいな。腕でスレスレか……。取りあえず付けてみてくれ……っていうか、俺が付けるか、ユーキじゃあ無理だな。小さい手じゃな」

「はいでしゅ！　おねがいしましゅ。マシロいいでしゅか？」

『腕だな。よし付けろ』

団長さんが、マシロの腕に首輪……、じゃなくて、腕輪を付けてくれました。サイズもなんとか大丈夫みたい。

「大丈夫そうだな。よし、ユーキ、これで街でもマシロと一緒にいられるぞ」

「ありあと、ごじゃます。マシロ、いっしょ、よかったねえ」

『ああ、これで一緒にいられるな』

マシロのしっぽが、ゆらゆら揺れてて、これは嬉しいからなんだって教えてくれました。僕も嬉しいよ、マシロ。にっこりです。

「くそ、ほんと可愛いな」

団長が、ボソッと何か言いました。

「だんちょうしゃん、なんでしゅか？」

「いや、なんでもない。さあ、あと少しでご飯だぞ。ユーキがどのくらい食べられるか分からないが、楽しみにしていろ。ノアのご飯はなかなか美味《おい》しいんだ」

団長さんはそのあと、もう少しやることがあるからって、テントに戻っていっちゃいました。

僕はマシロをもふもふしながら、まだかなぁ、まだかなぁって、ご飯ができるのワクワクしながら待っていました。


少しして、どこからともなく、美味しそうな香りが漂ってきました。う〜ん、いい匂い。お腹すいたよ、早く食べたいなあ。どんなご飯かな？

ノアさんが、大きな鍋を運んできました。お鍋の周りにお椀《わん》を並べていきます。騎士団の人たちが集まって、いよいよご飯です。

「今日は小さいユーキ君もいるし、温かいスープにしてみました。ユーキ君、さあどうぞ」

ノアさんが僕にお椀を渡してくれようとしたんだけど、僕の手は小さくて、落としそうになっちゃった。

それを見た副団長さんが代わりにお椀を持ってくれて、僕は小さい手でスプーンを握ると、あむあむと、なんとかスープを、口に入れることができました。

あったかいご飯がこんなに美味しいなんて、僕びっくりだよ。

「おいちい！」

「だろ、ほら、こっちのお肉も美味しいぞ」

「ありあと！」

団長さんにもらったお肉を一生懸命に噛《か》もうとしたけど、なかなか噛めない。どうにか飲み込んだけど、もうそれだけで疲れて、いっぱいいっぱいだったよ。何これ。しかもこのお肉、僕の顔くらい大きいんだ。それをみんな、簡単に食べちゃってる。

「ちゅかれたでしゅう……」

せっかく美味しいのに、疲れちゃって、これ以上食べられそうにない、残念だなあ。

僕が残したお肉を、マシロが美味しそうにひと口で食べちゃいました。いいなあ、マシロ。僕も大きくなったら、もう少し食べられるかな？

『なかなかに美味《うま》いな、人の食べ物は。この味は食べたことがない』

「この肉は、さっきマシロが倒したビッグエアーバードだ」

『ほう、これがさっきの奴か』

このお肉、魔獣だったよ。

「ビッグエアーバードなんて、なかなか口にできませんもんね。大体こんな浅い森にいること自体が稀《まれ》ですし、とてもラッキーでしたね」

団長さんたち、喜んでくれてるし、オリバーさんが言う通り、ラッキーだったね。

「ユーキ、パンならどうだ」

団長さんがパンを手渡してくれました。

「あなたはバカですか。ユーキ君はお肉でも大変だったんですよ。それよりも固いパンなんて、食べられるはずがないでしょう。少しは考えてください！」

「そんなに固いかね、私は子供の時から食べていたが」

「あなたと一緒にしないでください。大体あなたは……」

副団長さんが、団長さんを叱《しか》り始めました。僕があんまりご飯を食べられないせいかと思ってオロオロしてたら、ノアさんが話しかけてきました。

「うん、あれはね、いつものことだから気にしなくていいよ。団長はいつも何かしら副団長に怒られているからね。僕たちは知らん顔してるんだ」

副団長さんに怒られる団長さん……。団長さん頑張れ!! 僕は団長さん、応援するよ！

でもね、このパンは石だよ。ひと口もかじれなかった。でもそんなパンを、みんな平気で食べてる。やっぱり僕が小さいせい？　大きくなったら、本当に食べられるようになるかな？

「無理して食べようとしなくていいですからね。ゆっくり食べてください」

副団長さん、僕のお椀を持ってくれてるのに、なんでもないように自分のご飯も食べてる。

団長さんも、副団長さんも、みんな凄い勢いでご飯食べてて、少しびっくりしちゃった。

だって、スープだけでもおかわり3杯はしてるのに、その他にお肉もパンも、目の前にあったご飯が全部、なくなっちゃったんだよ。その間に、僕はスープ1杯だけ……、体が小さいから仕方ないけど。


ご飯を食べ終わると、焚《た》き火の周りに座って、それぞれが自分のやりたいことをして過ごしました。リアムさんは剣のお手入れをして、ノアさんはご飯のお片づけ、マシューさんは夜の偵察《ていさつ》に出ていって、副団長さんは、団長さんが言ってた通りたくさんの紙をチェックして、団長さんに確認してました。その間、団長さんは、自分の剣の手入れをしてました……。

ご飯を食べて、お腹いっぱいの僕は……眠気と戦ってました。初めてたくさんの人たちに囲まれて、嬉しくて、もう少し起きていたかったんだ。

それでも、やっぱり新しい世界で疲れていたのかな。コックリコックリしていると、団長さんが抱っこしてくれて、背中をぽんぽんと、リズムよく叩《たた》いてくれて。

あったかい……。

今日は楽しかったなあ。マシロと友達になれたし、団長さんたちにも会えたし、肩車楽しかった！　またしてくれるかな？　ノアさんのご飯、とっても美味しかったし、明日はどんなことがあるのかな。楽しみだなあ。神様、こんな楽しい世界に送ってくれてありがとう、最高のプレゼントだよ。

そんなことを考えているうちに、僕は団長さんの腕の中で寝ちゃいました。

＊＊＊＊＊

「うん、うん。なかなか楽しんでくれているようでよかった」

「お前がちゃんと予定通りの場所に送っていれば、魔獣には襲われなかったはずだぞ」

またルーカスのお小言《こごと》が始まりそうだ。ああ、ヤダヤダ。どうしてルーカスはいつも怒ってるんだろう。疲れないかね。僕みたいにもう少し気楽にすればいいのに。

「まあまあ、いいじゃん。本人は楽しそうだし。結果オーライってことで」

「はあ全く、……しかし」

「うん。あの魔獣、突然湧《わ》いて出たよね。もともとあそこにはいない魔獣だよ」

「やっぱり俺たちにも分からないところで、何かが起こり始めてるのか……。そんなところにあの子を送るなんて」

それは悪かったと思ってるよ。だから謝ったじゃん。みんなにも、あのあと怒られたし。もう終わりにしといてよ。

「あの子の魂は、汚れなき魂だよ。あのままじゃ、まだ光り輝くことはできない。あの子には幸せになってもらわなくちゃ。未来の僕たちなんだからね。そのためにも、今度こそちゃんと僕たちの加護で守ってあげなくちゃ」

「失敗するなよ」

「分かってるよ。今度こそ失敗しないよ。今度こそ……」

＊＊＊＊＊

私たちは命令を受けて、カージナルの街から少し離れた森へ調査をしに来た。

森の調査は定期的に行われるもので、今回は我々が選ばれた。

私の騎士団は少し変わっている。他の騎士団は各国から集められた者による混成部隊だが、我々は違う。

私の部隊は、私の家に昔から仕えている者たちで編成されている。私たちの家では代々そうしてきたのだ。子供の頃から兄弟のように育った者たちが、そのまま騎士団を作った。お互いのことをよく知っているため、他の騎士団より何倍も結束が強い。もちろん、個人個人の力も相当なものだ。

この森はそれほど深い森ではなく、商人や旅人が気軽に通行できる。子供連れでも楽に通ることができる。

しかし、浅い森とはいえ、定期的な調査は必要だ。

カージナルは、この国でまあまあ大きい街であり、商業も盛んだ。もしこの森に何か起きて商人たちが入れなくなったら、大きな打撃を受ける。つい最近も他の街で、魔獣によって商業がストップしてしまう事件があったばかりだ。そうならないためにも、定期的な調査は必要なのだ。

3日間の予定で調査に入り、今日が最終日だった。最後の確認を終え、時間も時間だったから、森の中の少し開けたところを野営地にする準備をしていた。

その時だった。

突然、爆発のような音がして、猛烈《もうれつ》な風が吹き荒れた。慌ててテントを押さえて、風が収まるのを待った。数分後、風が収まったのを見計らい、我々は音と風の発生源らしい池の方角へ向かった。

まさかそこに、上位種でもトップクラスの魔獣、フェンリルがいるとは。冒険者として旅をしていたとしても、一生のうちに会えるか会えないか。会ったとしても、生きて帰れるか分からないような魔獣だ。

と、ふと気付く。

なぜこんなところに、小さな子供が！　助けなければ！　だがどうする、相手はフェンリル、我々の敵う相手ではない。

我々はここで、思わぬ現実と遭遇《そうぐう》することになった。

子供は我々を制止すると、あろうことかフェンリルを友達だと言ったのだ。友達？　フェンリルが友達だと。

確かに子供の言う通り、フェンリルが我々を襲ってくることはなかった、だがしかし、友達とはどういうことだ、この子供は上位種の魔獣と契約しているのか。

混乱しながらあたりを見渡すと、そこにはビッグエアーバードの死体が横たわっていた。そうか、さっきの騒ぎは、フェンリルとビッグエアーバードの戦いか。

ん？　ビッグエアーバード？　なぜこの森に？　この森にそんな強い魔獣はいなかったはずだ。しかも変異種だと。だが、まあよかった、人が襲われる前に倒すことができて。この子供とフェンリルのおかげだ。

それから、子供の名前や状況を確認した。

子供の話ではよく分からない部分もあったが、いずれにしても、誰かに連れ去られ、なんらかの出来事によりこの森に残されたか、親の事情で捨てられたか、どちらかだろうという話でまとまった。

子供は我々が保護することになった。こんな森でよく無事でいられたものだ。まあ、フェンリルがいればそれも可能か。幸い、フェンリルはちゃんと魔獣契約ができているようだし、これなら街へ連れていっても大丈夫だろう。大丈夫なはずだ。……多分。

それにしても、とても可愛い子供だ。そのひとつひとつの仕草が、堪《たま》らないくらいに可愛い。顔のせいもあるんだろう、この国では珍しい、黒目、黒髪の、とても整った顔をしていた。肩車をしてやれば、きゃっきゃっと喜び、ご飯をあげると、拙《つたな》い仕草で一生懸命に食べる。本当に可愛くて仕方ない。

それになぜだか分からないが、運命的なものを感じた。理由は分からない、が、この子供を私が守り育ててやりたいと感じた。

フェンリルも問題だ。フェンリルと契約していると分かれば、よからぬ者たちが寄ってくるだろう。そういう者たちからも守ってやりたい。

どうしたらいいか。

今、私の腕の中で眠るユーキを見ながら、私は、これからのことについて考えずにはいられなかった。

＊＊＊＊＊

朝、目が覚めると、僕はマシロのもふもふな毛皮に包まれて寝てたよ。

『起きたか』

「うにゅ……、おわよ……」

目をこすって周りを見ると、昨日食べたところで、みんながもうご飯を食べてるのが見えました。

僕は立ち上がって、歩き出そうとしたんだけど、起きたばっかりで、うまく歩けなくて転びそうになっちゃった。そんな僕の服の襟首《えりくび》をマシロが上手に噛んで、僕を持ち上げて歩き出したよ。ぶらんぶらんと揺らしながら、みんなのところへ連れていってくれました。

「おお、起きたか。おはよう」

「おわよ、ごじゃます……、………」

「ははは、半分寝てるな。ほら起きろ。ご飯を食べそびれるぞ。と、その前に顔と手を洗ってと」

団長さんは、マシロから僕を受け取ると、木でできたバケツの方へ移動して、その前に僕を下ろしました。

するとと、ビックリすることが起きました。

ボケッとしている僕の目の前で、団長さんがバケツに手を近づけた瞬間、バケツの底から水が溢《あふ》れてきたんだ。僕は思わず叫んじゃった。

「おみじゅ!!」

「ん？　どうした？」

「おみじゅ！　おみじゅが、でてきたでしゅ！」

お水はどんどんバケツに溜《た》まって、すぐにいっぱいになりました。

「ああ、魔力石《まりょくせき》を知らないのか。そうか、ユーキはまだ小さいからな。ほらこれを見てみろ」

団長さんが手を開くと、そこには透明で少し青い色をした、小さな石がありました。ちょっとだけ光ってるみたい。ぽわああああって。

「いち？」

「そうだ。この石のおかげで水が出せたんだ。おい、ノア！」

「なんですか団長？」

お鍋をかき混ぜていたノアさんが、こっちに歩いてきました。

「悪いが、火を見せてやってくれ」

「あー、はいはい。ユーキ君、いいですか」

ノアさんの手には、赤い透明な石が載《の》っかってました。団長さんが持ってた石みたいに、ぽわあって光りました。そして……。

「ふわわ！　しゅごいです！」

ノアさんの手の平からちょっと上のところに、火の玉みたいなものが浮いて現れました。凄い！　僕が喜んで見てたら、団長さんが説明してくれました。

この石の名前は「魔力石」って言って、お水を出したり、火を出したり、色々なことができるんだって。大きかったり、色が濃いほどよい石です。でも、そういう石はあんまりないんだって。石がなくても生活できるけど、この石があった方が楽だから、みんな持って歩いてるんだって。

みんな使えるんだ。僕もできるかな？　やってみたい！　僕は団長さんにお願いしてみました。

「ぼくも、ぼくもやりたいでしゅ！」

「うーん、ちょっとそれは無理かな」

え、ダメなの……。くすん……。みんなできるのに、僕だけダメなの？

「だめでしゅか……？」

「ああ、そんな顔するな。ダメってわけじゃないんだ。説明して分かるかな？　ユーキはまだ小さいだろう。この魔力石を使うには、自分の魔力が要《い》るんだ」

「じぶんの、まりょく？」

そういえば、さっきから「魔力」って言葉が出てくるけど、魔力ってなんのこと？

「そう、魔力。体の中にある力のことだ。その力をこの石に流して、火とか水とかを出すんだ。この力を使えるのは、もうちょっと大きくなってからって決まっているんだ。だから、まだユーキは使えないんだ」

「……？」

団長さんが魔力のこと教えてくれたけど、よく分かりません。小さいとダメなのは分かったけど、力を流すってなんだろう？

「その顔は、分かってないな」

「ユーキ君、ほら、これを見てください」

いつの間にか近づいてきてた副団長さんが、持っていた袋の中からたくさんの石を出して、僕に見せてくれました。団長さんが言ってた通り、いろんな大きさをした、いろんな色の石です。

「まだユーキ君は小さいでしょう。小さい子は、魔力を使えないんですよ。もう少し大きくなったら、こんなにたくさんの石を色々使えるようになります。だからそんな寂しそうな顔をしないで、今はちょっと我慢《がまん》ですよ」

「……。ぼく、ちいちゃい、まだちゅかえない？　がまん？」

「そうだな」

そう団長さんは言い、副団長さんは頷きました。そうか、小さすぎるのか……。残念だな、僕もやってみたかったんだけど、もう少し大きくなって魔力が使えるようになるまで我慢だ。

「うん、ぼくがまんしましゅ！」

「よし、偉いぞ！」

団長さんが頭を撫《な》でてくれました。僕は頭を撫でてもらえてニコニコです。褒《ほ》めてもらえた、嬉しい！　これからも言うことを聞いたら、頭撫でてくれるかな？　そうだったら嬉しいな。

「ユーキ君、いい子ですね。特別です。この石、触ってみますか？」

「いいでしゅか！」

「ええ、触るだけなら何も起きませんから」

副団長さんは、僕にキラキラの粉が入っている石を、持たせてくれました。

おお、これが魔力石。ツルツルしてて、冷たい石です。大きくなったら使えるようになるんだ。早く大きくなりたいなあ。

これは、どんな魔力石なのかな？　青が水で赤が火で、うーん、これはキラキラだから光か

な？

　そんなことを思っていると、急に体の中がポカポカしてきました。あれ？　なんだろう、とっても温かい。不思議に思ってたら、その温かいものが、石を持つ手の方へ集まり始めて……。そして……。

「おい、おい、おい……、まさか……」

「これは……！」

　僕の手の中で、キラキラ魔石がどんどん強く光り始めました。

　それは、暗かった森の奥の方まで、明るくしちゃうくらいの光です。その光に、みんなの動きがほんの少し止まってたよ。

　あとね、体から、なんかが出ていくみたいな感じがしました。僕が魔力石と光をボケっと見てたら、

『主！　魔力石から手を離せ！』

　マシロの声でハッ！　とします。え？　え？　え？　何？　何が起こってるの？　僕どうしたらいいの？　僕が魔力石を持ったまま慌ててたら、団長さんが、

「ユーキ、ゆっくりでいいから、私の手に石を載っけろ。慌てるな」

　そう言って、手を僕に差し出してきました。僕はそっと、団長さんの手の上に魔力石を載っ

けます。

「いい子だ」

団長さんの手の中で、魔力石は元のキラキラ石に戻りました。

『主、大丈夫か？』

マシロがすりすり、顔をこすりつけてきたよ。

「だいじょぶれしゅ。げんきれしゅよ。だんちょうしゃん、ごめんなしゃい」

僕は団長さんに、ごめんなさいしました。

我慢だって約束したのに、魔力石使っちゃった。やっぱり怒ってるよね、ちゃんと謝らなくちゃ。あれ？　そういえば、小さいと使えないって言ってたよね。でも、僕が持った石が光ったよ。なんでだろう。

「ごめんなさいだ？」

団長さんは不思議な顔をして、僕を見てました。

「やくしょく、おおきくなるまで、がまんでしゅ」

「ああ、そういうことか。気にするな」

「……おこってないでしゅか？」

僕はチラッと団長さんを見て、すぐ俯《うつむ》きました。団長さんが僕を抱き上げて、僕の目と自分の目を合わせます。

「怒るもんか。わざとじゃないだろ。そんな心配そうな顔するな。ほら、ユーキは笑顔が可愛いんだ。笑え笑え。それで、手と顔を洗ってご飯を食べろ。そうしたらカージナルの街へ出発だ！」

団長さんが怒ってないって分かって、僕は安心です。よかった。


ご飯を食べて、荷物を片づけたら、いよいよカージナルの街へ出発！

そう思ったんだけど、問題が起こりました。僕を連れていくのは自分だって、マシロと団長さんがケンカを始めちゃったんだ。

『主は、我が街まで連れていく！』

「いいや、私が連れていく！」

マシロは自分の背中に僕を乗っけてくれるつもりで、団長さんは自分の馬に一緒に乗せるつもりだったみたいで、いざ出発、という時に、２人が気付いて、ケンカになっちゃったんだ。

『主は、我の主だ！　我が連れていくに決まっている！』

「いいや、ユーキはまだ小さいんだ。誰かが支えてやらなければ。私が一緒に馬に乗るのが一番だろう！」

なかなか2人ともケンカをやめてくれません。そして、

『主はどっちがいいのだ！』

「ユーキは、どうしたいんだ！」

そう同時に聞いてきて、僕とっても困っちゃった。だって僕、マシロと一緒にいるのも、団長さんと一緒にいるのも、どっちも好きなんだもん。

「ぼく……、ぼくは……」

なんか悲しくなってきちゃった……。みんな仲良くがいいのに……。

そんな僕とマシロと団長さんを見て、副団長さんが声をかけてくれました。

「あなたたちは、一体何をしているんですか！　ユーキ君が困って泣きそうじゃないですか！　団長！　あなたもいい年をして、少しは人の気持ちを考えて行動してください。ユーキ君のことが可愛いのは分かりますが、泣かせてしまっては本末転倒《ほんまつてんとう》でしょう！」

団長さんが怒られるのを見て、マシロがフンっと鼻を鳴らしました。それを見た副団長さんが、今度はマシロを怒り始めたよ。

「マシロ！　あなたもですよ！　自分の主を泣かせるとは何事ですか！　あなたの役目は主人を守ることでしょう。泣かせることではないはずですよ！」

側にいたリアムさんが、ボソボソっと、

「最強のフェンリルを叱るって、凄いな、こいつ……。さすが鬼の副団長様」

「何か言いましたか……、リアム？」

「い、いや何も！」

リアムさんは自分の荷物を持つと、さっと自分の馬の方へ行っちゃった。リアムさん、副団長さんのこと鬼だって。とっても優しいのにね、おかしいなあ？

そんな話をしてる間も、団長さんとマシロの言い合いは、なかなか終わりません。

「だってこいつが、なかなか譲《ゆず》らないから……」

『そっちが譲ればいいことだろう。もともと我の方が先に主といたのだぞ……』

「……そうですか。反省はしないということですか。よく分かりました。ええ、それはもう本当に」

あれ？　何か副団長さんの周りが、寒く感じる……、気のせいかな？

不思議に思っていると、突然団長さんが慌て出して、副団長さんに謝り始めました。

「お、おい待て、俺が悪かった！　すまない！」

『何をそんなに慌てているのだ。我はまだ納得は……』

「いいからお前も謝れ！　あいつを本気で怒らせると、大変なことになる！」

マシロに謝らせようとする団長さん。どうしたんだろう、あんなに慌てて？

「もう遅いですよ。ユーキ君、２人は君を困らせるだけなので、もう放っておきましょう。それよりも、私と一緒に馬に乗りましょう。馬に乗っている間、街のことを色々教えてあげましょうね」

「ほんと？　やったあー」

万歳《ばんざい》をする僕を抱き上げて、副団長さんはさっさと、自分の馬の方に移動を始めました。

「おい！　ズルいぞ！」

『待つのだ！　我はまだ……！』

「あなたたちには、罰《ばつ》が必要みたいですからね。反省するまで、ユーキ君とは一緒に行動させません。ユーキ君を困らせるような輩《やから》には近くにいて欲しくありませんからね。近寄らないでください、しっしっ」

うん。何か今の副団長さん、怖い……。

「まあでも私も、ユーキ君の気持ちを無視するのは嫌ですからね。ユーキ君、どちらかと一緒に行きたいですか？」

うーん。僕は副団長さんの肩越しに、２人を見つめました。２人も僕のこと、じっと見てます。ほんとは２人とも一緒に行きたいけど、でも、ケンカしてる２人とは行きたくないなあ。だって、楽しくなさそう？　だから、

「けんかしゅる、マシロも、だんちょうしゃんも、きらいでしゅ。なかなおりしゅるまで、いっしょ、いやでしゅ。ふくだんちょうしゃん、おはなし、たのしみでしゅ」

「そんな、ユーキ！」

『主、待つのだ！』

「いやでしゅ！　はやくなかなおり、してくらしゃい！」

僕は副団長さんと一緒に移動することにしました。

2人は僕に「嫌」ってされたのが、凄くショックだったみたい。マシロは、あのふわふわモコモコのしっぽを、ショボンと下げちゃって、団長さんも、見てすぐ分かるくらいガックリって感じで、下を向いちゃいました。でも、ケンカした2人が悪いんだからね。

「まったく何をやっているんだか。いいですかユーキ君。もしまた、こんなことがあれば、すぐ私に言ってください。私が2人を叱ってあげますよ。ユーキ君を泣かそうとする輩は、私が許しません」

「ありあと、ごじゃいます。あの、ふくだんちょうしゃん」

「なんですか？」

「みんな、なかよしがいいでしゅ。ぼく、みんな、だいしゅきでしゅ」

僕がそう言ったら、副団長さんが頭を撫でてくれました。

「そうですね。皆、仲良しがいいですね。さあ、出発しましょうか。下らない揉《も》め事のせいで出発が遅れていますから、さっさと出発しましょう。そこの2人！　行きますよ！　いつまでもしょぼくれていないでください。自業自得《じごうじとく》なんですから。ああ、それから、団長はその荷物を、マシロはそっちの荷物を運んでください」

「なんで私が……」

『我は上位の魔獣なのに、荷物運びなど……』

ぶつぶつ言いながらも、荷物を運び始めるマシロと団長さん。

僕は副団長さんに支えられながら馬に乗り、今度こそカージナルの街へ出発です。

「しゅっぱーちゅ！」

僕のかけ声と共に、馬はパカパカと進み始めました。

2章　カージナルへ

パカパカ、馬に揺られながら木の間を進んでいきます。考えたら、馬に乗るの初めてです。この世界に来て、初めてのことばかりで、僕の心はずっとドキドキしっぱなし。今だって見たことのない木や花や虫を、キョロキョロしながら観察中です。

「ユーキ君、楽しいですか」

僕を支えてくれている副団長のオリバーさんが、僕が質問することに、ひとつひとつ丁寧に答えてくれます。

「はいでしゅ！　とってもたのちいでしゅ！」

「街にはもっと、色々なものがありますよ」

「いろいろでしゅか？」

「そうです。カージナルは、たくさん人が集まる場所なんです。そのおかげでお店も多いですし、珍しいものも売っています。多すぎて、街に住んでいる私でも分からないものがまだまだたくさんあります」

副団長さんが分からないくらい、色々なものがあるんだ。凄いね。カージナルはそんなに大きい街なんだ。僕が前にいたところは、あんまりお店とかなかったよ。マンションばっかり。僕、迷子にならないかな？　お店で売ってるのって、絶対知らないものばっかりだよね。今だって知らないものがいっぱいで、副団長さんに教えてもらってるのに。でも、楽しそうだなあ。

「ぼくも、みてみちゃいです！」

「なら、案内は私がしますね」

「いいでしゅか！」

「もちろん。ユーキ君と一緒なら、きっと楽しいでしょうね」

副団長さんが、案内してくれるって。やったあー！

「なら、私だって……」

そう言って団長さんが話しかけてきたけど、

「あなたは黙っててください。まだ反省中のはずでは？」

「はい……。すみません……」

副団長さんに睨《にら》まれて、団長さん、またすぐ静かになっちゃった。副団長さんの言うこと、ちゃんと聞かなくちゃね。また怒られちゃうよ。

そんな団長さんの姿を見て、マシロは、すっ、と後ろの方に下がっちゃいました。

「ほかには、なにが、あるでしゅか？」

「そうですねえー。そうだ、魔獣もたくさんいますよ」

「たくしゃん……。こわくないでしゅか？」

僕は、ビッグエアーバードのことを思い出しました。あんな魔獣が街にいたら、大変じゃない？　街の人たちみんな、お怪我《けが》しちゃうよ？

この時の僕は、マシロがその魔獣たちよりもっと危ない魔獣だなんて、知らなかったのです。

「大丈夫ですよ。ユーキ君はマシロと友達ですよね？」

「はい！　ともだちでしゅ！」

「街にいる魔獣は、ほとんどが誰かの友達なんです」

そっか、僕とマシロみたいに、みんなお友達なんだね。じゃあ大丈夫だね。あっ、それなら僕、マシロの他にも、お友達できるかな。マシロは一番の友達だけど、僕、前はお友達いなかったから。お友達たくさんできたら嬉しいな。

「ぼく、マシロだいしゅきでしゅ。たいしぇつな、おともだちでしゅ。でも、もっとたくしゃん、おともだちなりたいでしゅ。おともだち、できりゅかな……？」

「大丈夫。ユーキ君ならたくさん友達ができるはずです。でも、無理やり友達になってはいけませんよ。相手がユーキ君と友達になってもいい、一緒にいてもいいと思ってくれたら、友達になりましょうね」

「はいでしゅ！」

それからね、街にいる魔獣は、人のお手伝いもしてくれるって、教えてくれました。今のマシロみたいに、重い荷物を運んだり、僕にしてくれたみたいに、人を乗せて、街から街へ移動したり。だからね、街には魔獣が多いんだって。

魔獣のお話を聞いてたら、急に副団長さんが、さっきのお友達のことで、「大事なことを言うのを忘れてました」って言った。

「友達になってからも、その友達が嫌がることをやってはいけませんよ。悲しませることもダメです。自分の考えを押しつけて、相手の気持ちを考えないのもダメです。これが一番大切なことです。ずっと仲良しでいたいでしょう？　お友達は大切にしましょうね」

「はいでしゅ！　おともだち、たいしぇちゅ、しましゅ！」

いい子って言って、頭撫でてくれました。それから、「後ろのバカ2人みたいには、ならないようにね」って。団長さんとマシロのことでした。バカって言っちゃった……。2人がもっとショボンとしちゃいました。

お馬さんの足音が、パカパカ近づいてきました。マシューさんが副団長さんの隣に来て、話しかけました。

「あれだよな、お前」

「なんですか、マシュー」

「お前って容赦《ようしゃ》ないよな……、お前だけは敵に回したくないわ」

「そうですか？　では敵にしないように気を付けてくださいね。大丈夫ですよ。ちゃんと常識的に対応してもらえれば、私が敵に回ることはありませんから」

「ああ、気を付けるよ」

そう言って、また離れていっちゃいました。

それからも副団長さんは、色々な話を聞かせてくれました。

話を聞かせてくれている最中でも、森の中に、僕が興味を示すものがあれば、詳しく説明してくれます。疲れてないか、とか、眠くなったら支えているから眠っていい、とか、ほんとに優しいんだ。

でもね、なかなか森から出ないから、不思議に思って聞いてみたよ。そしたらね、あと少しで外に出られるらしいんだけど、街に着く頃に真夜中になっちゃうから、もう1日、森の出口でお泊《と》まりするみたい。出口のところに、いい場所があるんだって。

そんな話をしているうちに、僕はいつの間にか、寝ちゃってました。

「……くん、……君、起きてください。ユーキ君、着きましたよ」

「うにゅ〜、おはよ？　ごじゃいましゅ……。あしゃでしゅか……？」

「クスクス。ユーキ君、今は朝じゃありませんよ。夕方です」

言われて確認したら、空が綺麗なオレンジ色でした。周りを見たら、狭いけど、みんなで寝るのは大丈夫そうです。

「ユーキ君、2人が何か、言いたいことがあるみたいですよ」

「うにゅ？」

副団長さんの後ろにマシロと団長さんがいて、僕の目の前まで来ると、2人で僕に、ごめんなさいしてきました。

「ユーキ、すまなかった。自分のことばかりで、ユーキを困らせて泣かせるところだった。本当にすまない」

『我もだ。我は主を守るべき存在なのに、泣かせようとするとは、全くもってすまない。この通りだ』

2人一緒にごめんなさいです。

「もう、けんかしましぇんか？　なかよし、できましゅか？」

「『もちろんだ！』」

2人の声が一緒でした。

「じゃ、ぼく、もう、おこりましぇん。みんな、なかよしでしゅ！」

『わが主！』

「ユーキ！」

2人が駆《か》け寄って、抱っこして頭を撫でてくれたり、顔をすり寄せてきたりしました。なかなか離れてくれなくて、僕がくちゃくちゃにされてたら、2人はまた副団長さんに怒られてました。

ノアさんのご飯ができるまで、みんなは仕事があるから1人で遊んでいられるかって、聞かれました。マシロがいるから大丈夫、って言うと納得して、それぞれの仕事をするので離れていっちゃった。ご飯何かな～。ご飯ができるまで、自由時間です。

「マシロ、なにしてあしょぶ？」

『主は、何かしたいことはあるのか？』

うーん、何がいいかな。前の世界では、何してたっけ？　いつも公園に行ってて遊ぶものが色々あったけど、誰かが必ずいて、なかなか遊べなかったな。お砂遊び、鉄棒、ジャングルジム、シーソー、ブランコ……、……、……。ブランコ!!

僕はあることを思いついて、マシロに相談した。

「きゃっきゃっ！」

「お、なんだ、楽しそうな声が聞こえるな……、て、何してるんだ‼　どういうことだ、なんで止めない！」

「もちろん止めましたよ。でもね、僕がマシロを止められると思いますか？」

団長さんが、大きな声で叫んでます。どうしたの？　それに止めるって何を？　今ね、僕、とっても楽しいお遊びを考えたから、それで遊んでるんだよ。このお遊びはマシロがいないとできないんだ。マシロも『いいぞ』って言ってくれたし。楽しいなあ。

『よし！　もう1回だ。ほら行くぞ！』

「きゃー、たかーい！」

僕が考えたお遊び、それはスペシャルブランコ！

ふへへへ。あのね、これは今日の朝、マシロが僕の襟首を咥《くわ》えてブラブラさせたでしょう。それで思いついたんだ。

まず僕が、マシロのしっぽを掴みます。次に、マシロがそのしっぽを振り上げて、僕は手を離します。上に放り出された僕が落ちてくるところを、マシロが上手に咥えて、そのままぶら下げます。ぶらんぶらん揺れて、揺れが止まったら終わりです。

ね、スペシャルブランコでしょう？

「しゅごいでしょう！　たのちしょうでしょ！」

ルンルン気分でそう言ったら、団長さんが怒りました。なんで？

「楽しそうじゃないだろ！　まったくなんて遊びを思いつくんだ。危ないだろうが」

「あぶなくないでしゅ、マシロ、いっかいも、おとしてましぇん」

僕はお胸を張ってえっへんです。マシロは絶対失敗しないもんね。もう何回もやってるけど、大丈夫だもん。マシロもフンって、お鼻を鳴らしました。

『これぐらいできないようでは、死の森で生きていけん。我にかかれば、こんなこと、朝飯前《あさめし》だ』

「しかしマシロ、お前、落として怪我でもさせたらどうするつもりだったんだ。自分の主人に危ないことをさせてどうする。ユーキ、この遊びは禁止だ！　もうやるなよ」

「ぶー……」

なんで？　マシロは大丈夫だよ。僕のこと、落としたりしないよ。僕はほっぺを膨《ふく》らませて、ぶーぶーです。

「うっ、そんな可愛い顔をしても、ダメなものはダメだ！　いいな」

せっかく楽しい遊びを考えたのに……、禁止になっちゃった。僕はほっぺを膨らませたまま、団長さんに抱っこされちゃいました。遊びは終わりだ、って。

「ところでマシロ、お前、死の森にいたのか？　どのくらいいたのか知らないが、だから上位種になれたのか？」

『まあ、そんなところだ。細かいことは気にするな』

「ああ、そうするよ。いちいち気にしていたら大変だからな」

死の森ってどんなところかな？　なんだか怖そうな森だね。僕はそんな怖そうなところに行きたくないなあ。楽しい森とかないのかな。とっても綺麗な森とか。マシロみたいな、もふもふの魔獣がたくさんいる森なんてあったらいいなあ。

団長さんは僕を副団長さんの隣に下ろして、それから他の3人を呼びました。何かお話があるみたい。3人と団長さんはテントに入っていきました。僕はスペシャルブランコをダメって言われて、まだ少しプンプンです。

プンプンしてる僕に、副団長さんが「面白いものを見せてあげる」と言って、袋から魔力石を何個か出しました。

えっと、水と火と光の魔力石です。その3つの石が、一緒にポワアって光りました。そしたら、水と火と光がくるくる絡まって、ボールみたいに丸くなりました。なのに3つとも全然混ざっていないんだよ。凄い凄い、そんなこともできるんだね！　面白いものを見せてもらえて、プンプンの気持ちなんて、全然なくなっちゃいました。

少し経って、4人がテントから出てきました。副団長さんが、僕の頭を撫でながら、優しく笑ってくれます。

「ユーキ君、団長から、お話があるそうですよ」

「うにゅ？」

団長さんは前まで来て座ると、僕を膝に抱っこしました。

「ユーキ、大切な話があるんだ。よく聞くんだぞ。ユーキだから話すんだ。いいか？」

どうしたんだろう。いつもと違う団長さんの雰囲気に、僕は黙ったまま頷きました。僕、何かいけないことしたのかな？　団長さんは静かに、とっても静かにお話を始めたよ。

「ユーキは今、私たち騎士団が保護してる。それは分かってるな」

「はいでしゅ」

「保護したからには、必ず街まで送り届ける。それが私たちの仕事だ。これから話すのは、街に行ってからのことだ。ユーキは今、家族が誰もいなくて1人だろう」

「マシロいましゅよ？」

「違うぞ。私たち、人の家族のことだ。マシロは魔獣だろう？」

僕はコクリと頷いて、マシロを見ました。マシロも静かにお座りして、団長さんのお話を聞いてます。

「そういう子供はまず、教会に預けられる、決まりがあるんだ。教会っていうのは、ユーキと同じような子供がいて、みんなで一緒に暮らす場所だ。そこで、新しい家族を見つける。それが今のユーキなんだ。街に着いたら、係の人が教会まで連れていってくれる」

僕は慌てました。だってマシロは、団長さんたちが家族になってくれるって言ったよ。みんな優しくて、まだ少ししか一緒にいないのに、僕ね、もうみんなのこと大好きだよ。それなのに、家族になれないの？　バイバイなの？

「まちにちゅいたら、ばいばいでしゅか？　もう、いっしょ、だめでしゅか……」

「ああ、そうなる。私たちとは、街に入ったところでお別れだ」

団長さんの言葉に、僕は思いきり団長さんに抱きつきました。

「いやでしゅ！　おわかれいやでしゅ！　いっしょにいるでしゅう！　うわあああん！」

僕はとっても寂しくなって、泣いちゃった。せっかく家族になれると思ったのに、神様が楽しく過ごせるって言ってたのに。これじゃ、全然楽しくない！

「ユーキ、私の話を……」

「いやでしゅ！　わあああん！」

「ユーキ！　私の話はまだ終わっていない！　よく聞くんだ！」

団長さんの大きな声にビクッとして、僕は、少しだけ泣きやみました。

「ヒック、ヒック。ふえ……？　ヒック」

「ユーキ、ここからが一番大切なことだ」

団長さんが、僕の目を見つめてきて、そして……。


「ユーキ、私の家族にならないか？」


「ヒック、……かじょく？」

家族。団長さんと家族。僕が楽しみにしていた家族。

「そうだ、私の子供になって、家族になるんだ。そうすれば、別れなくていいし、ずっと一緒にいられる」

ほんとに？　今、ほんとに家族って言った？　マシロの方を見たら、マシロが頷きました。

団長さんが、家族って言ってくれた。大好きな団長さんと、みんなと、一緒にいられる！

「いっしょ、ヒック、ずっと、いっしょでしゅか？」

「ああ、ずっと一緒だ。絶対にユーキを１人にしない。必ず側にいる。どうだ？　私と家族になってくれるか？」

「なるでしゅ。だんちょうしゃんと、ひっく、かじょくになるでしゅ！　うわあああん！」

僕は団長さんに、ぎゅうって抱きつきました。僕の新しい家族。大切な家族。これからずっと一緒にいられるんだよね。ほんとにほんとに家族になれるんだよね。

僕は不安だった気持ちと、嬉しすぎる気持ちで、なかなか落ち着けなくて、ずっと泣き続けました。その間、ずっと団長さん、僕のこと抱きしめてくれてました。

団長さんの温かい腕の中で、僕は泣き疲れちゃって、とても幸せな気持ちのまま、いつの間にか眠っちゃいました。

「寝てしまったな」

「よかったですね団長。ユーキ君が家族になると言ってくれて」

「ああ、よかった。……よかった。家族になってくれてありがとう、ユーキ」

＊＊＊＊＊

ユーキが、家族になることを了承《りょうしょう》してくれた。

眠ってしまったユーキを、マシロに預ける。さあ、ここからは、時間との勝負だ。

「マシュー、すまないが、さっき話したようによろしく頼む」

「じゃあ俺は、予定通り先に行く。多分、時間はスレスレだ。なるべくギリギリまで時間を稼《かせ》いでくれ。じゃあ行くな」

「ああ、頼む」

マシューは馬に乗ると、もうだいぶ暗くなってきた森から、街へ向かって駆け始めた。マシューなら俺たちの誰よりも早く街に着くことができる。どうにか間に合うだろう。マシューを先に街へ向かわせたのには理由がある。ユーキにとって大切なことだった。

「『力』のことがバレたら、私たちの国はいいでしょうが、他の国や貴族は放っておかないでしょう」

「ああ。小さい頃から力を酷使《こくし》すると、大人になる前に力の暴走によって死ぬ可能性だってある。それなのにあいつらときたら」

「あの人たちには、人の犠牲など関係ありませんからね」

そう、ユーキにも言った通り、親のいない子供を保護した場合、どんな理由があろうとも、必ずその子供を国が管理する教会へ連れていくことになっている。

国が法律で決めているため、国民は全員が従わなければいけない。

教会に行くと、まず、全ての子供が力を持っているかを調べられる。力とは、魔力石を使うために必要な魔力のことだ。

魔力はもともと、成長するにつれ、大体8歳頃から誰にも備わるものなのだ。魔力が強ければ強いほど、魔力石と共により強力な力を使うことができる。

例えば、強力な水の力なら、村ひとつを押し流せたり。火の力なら、今いるような小さな森を燃やし尽くしてしまえたり。それらは魔力の強さによって変わってくる。

中には20人に1人くらいの確率で、8歳頃から備わるはずのその魔力を幼くして持ち合わせている者がいる。

そう、ユーキのように。

そういう子供は、必ずと言っていいほど強力な魔力の持ち主だ。理由は分からないが、冒険者として有名なある男は、やはり幼い頃から魔力石を使うことができていた。今では誰もが知る最強の冒険者になっている。

しかしそれは、ちゃんと訓練をして、力の使い方を勉強した場合だ。何も考えず、自分の魔力の上限も知らずに魔力を使えば、小さい体には負担が大きく、制御できずに魔力の暴走を引き起こす。

最悪の場合、死んでしまうことだってある。

だが、国や貴族、権力者たちは、そんなことは気にしない。力を使い暴走した子供が死のうが廃人《はいじん》になろうが、次を探すだけ。

要は、替えの利く道具として考えているのだ。

「考えるだけでも、腹が立つ」

昨日の話し合いでは、全員が憤《いきどお》り、顔を顰《しか》めた。

「ユーキ君の場合、魔力と、もう1つ、マシロの問題もありますしね」

『我の何が問題だ』

ユーキが起きないように気を付けながら、静かにマシロが話に入ってきた。

「お前ね、自分がどういう存在か、ちゃんと分かってるか？」

『我は、主を守る存在だ』

「そういう問題じゃなくてだな、やっぱり分かってないな……。はー」

私たち人間にとって、フェンリルは最上級に分類される魔獣だ。これまでに遭遇した魔獣の中で最も強い、恐るべき存在。どちらかといえば、会いたくない魔獣だ。

しかもマシロは、フェンリルの変異種だ。普通の魔獣は人間の言葉を話さず、人間を敵または食糧《しょくりょう》として認識し、ところ構わず襲ってくる。

しかし変異種は違う。人や魔獣の言葉を理解し、会話をして、自分で考えて行動することができる。他の魔獣とは比較にならないほど強いと恐れられる最上級魔獣フェンリルの、さらに変異種である場合、その力はどれほどのものか。

もし、そんなフェンリルの変異種と契約している者がいるなどという噂が広がったら、どうなるか……。

「自分の味方に引き込もうと、色々な奴がユーキを狙ってくるぞ」

『そんな者たち、我が追い払ってくれる』

確かに、マシロにとって、それは簡単なことかもしれない。だが、ユーキはどうなる。追い払われて、マシロの力を恐れる者たちが増えたら？　ユーキに悪いことをしようと考える奴らや、自分の戦力に引き込もうとする奴らを追い払うだけならいい。しかし……。

「ユーキに好意的な人間も、近づかなくなってしまう可能性があるんだぞ。ユーキは友達をたくさん作りたいんだろ」

『むー。それは……』

ようやく、自分の何が問題なのかが、マシロにも分かってきたらしい。まあ、この問題をなくすために、私がユーキの家族になるつもりなのだが。

マシロは頭を持ち上げて聞いてきた。

『ではどうするのだ』

「私はね、これでも一応、割と力のある貴族なんだよ。たいていの貴族なら追い払えるし、それなりに力のある貴族と対等にやり合う自信はある。まあ、国が絡んできたらどうなるかは分からんが、それでも簡単には潰《つぶ》れないほどには力を持っているつもりだ」

『おぬしも、主の力が望みか……？』

マシロが軽く、威圧《いあつ》してきた。

「まさか。そんなつもりはない」

「マシロ、団長はただ単に、ユーキ君のことが大切なんですよ」

『どういう意味だ』

なぜかな？　あの池で初めてユーキに会った時、運命だと思った。一瞬で心を奪われた。そしてこう思った。「ああ、そうか、私はこの子に出会い、守り、幸せにするために、ここに導《みちび》かれたのだ」と。まあ、気のせいかもしれんがな。

そんなことを言ってやると、マシロがぼそっと、何かを呟いた。

『運命か。そうであろうな……』

「ん。なんて言ったんだ？」

『なんでもない。それよりも本当に、主を幸せにする自信はあるのか？　偽《いつわ》りを述べているのではあるまいな。もしそうであれば……』

そう言われた私は、マシロの前に立ち、頭を下げた。

「どうか、お前の主の幸せのため、未来のために、私を選んでもらいたい。私は必ず彼を幸せにしてみせる。可愛い笑顔が消えてしまわないように、守ってみせる」

『その言葉、偽りではあるまいな。もし約束を守れない場合は、分かっているな』

「ああ、分かっている」

約束を守らない、裏切る者は、消すということだろう。裏切るようなことは絶対にない。私はもう、ユーキの笑顔の虜《とりこ》だ。

じっとマシロの目を見つめる。マシロも私の目を見たままだ。そしてこう言った。

『分かった。主の家族として認めよう』

「ありがとう」

マシロの了解を得ることができた。一応は認めてくれたらしい。ならば。

「あとは、マシューに任せるしかないですね」

それまで黙ってことの成り行きを見守っていたリアムが、話はまとまったとばかりに話しかけてきた。

「ああ、上手くやってくれるだろう」

「マシューも大変ですが、それ以上に大変なのはあの人でしょうからね。団長、あとのこと、覚悟しておいた方がいいですよ」

「うっ……。分かっている。はあ、気が重い」

「まあまあ団長。とりあえずご飯でも食べて元気を出してください。ユーキ君は……、起こすのは可哀想《かわいそう》ですね。私たちだけ先に食べて、もし起きたらその時に食べさせましょう。今温め直します」

「それにしても、ユーキ君はとても頭のよい子ですね。あれほど小さいのに、我々の話をきちんと理解していますし、言葉遣いはたどたどしくても、ちゃんと話せています。一体どこから来て、どんな教育を受けてきたのでしょうか」

確かに色々おかしなところはあるが、それでもユーキはユーキだ。これからは私たち全員で導いてやればいい。ユーキの笑顔は可愛いからな。その笑顔を守るためにも頑張らなくては。

ユーキと家族になることを決めた夜は、こうして過ぎていった。

＊＊＊＊

朝、目を覚ますと、昨日と同じように、マシロの毛に包まれて眠ってました。

うん、マシロの毛はふわふわで、前の世界のお布団と、全然違います。いつまでも眠っていられるよ。お休みなさい……、すう、すう……。

相変わらず寝ぼけている僕を、マシロは昨日と同じように、襟首を咥えてぶらぶらさせながら、団長さんのところまで運んでくれました。

「おはようユーキ。今日も寝ぼけてるな」

団長さんのお膝の上に下ろされます。

ん？　そういえば昨日、大事な話をしたような。なんだっけ？　確かマシロと遊んだあとに、団長さんが、お話があるって言って……。

「…………！」

僕は勢いよく振り返り、じっと団長さんを見つめた。

「どうしたんだ？」

「だんちょうしゃん、きのう、かじょくって、なりまちたか？　ゆめでしゅか？」

「はは、寝ぼけて分からなかったか。大丈夫、夢じゃない。私たちは家族だ。ユーキは私の子供になったんだ」

その言葉に、僕は凄く嬉しくなって、ギュッと団長さんにしがみつきます。夢じゃなかった！　よかった。僕はほっとしてギュッてしたあと、団長さんのお顔を見ました。団長さんもにこにこ笑ってます。

そういえば、家族になったら、団長さんって呼ぶのはおかしいよね。なんて呼ぼう。パパ？お父さん？　隣の家の子が言ってた、親父《おやじ》？　……親父、は、なんか違う。

「今度は何を考えてるんだ？　変な顔をして」

「あの……、えっと……」

「ん？」

僕はちょっとドキドキしながら、呼んでみました。

「とうしゃん？　しゃま？」

団長さん、じゃなくて、お父さんの動きが止まった。

「とうしゃんしゃま、だめでしゅか……？」

僕にはお父さんがいなかったから、なんて呼んだらいいか分からなかった。それに団長さんって、確か偉い人だったから、様をつけたんだけど。やっぱりおかしかったかな？

反応がないから、どうしようかと思ってたら、いきなりガバッと、お父さんが僕を抱きしめてきた。そして、

「可愛い！　もう一度言ってくれ！」

お父さんが、凄い勢いで、そう言ってきました。

「とうしゃんしゃま」

「もう一度」

「とうしゃんしゃま」

「もういち……」

「いい加減にしてください！　全く、凄く可愛いのは分かりますが、少し落ち着いて。これからいくらでも呼んでもらえるんですから。まずはご飯です。もうすぐ出発ですよ。ユーキ君は昨日、夕飯を食べていないんですから。さあ、腕を離してください。ユーキ君、こっちへ」

副団長さんに止められたけど、なかなか抱っこをやめてくれません。抱っこしてくれてる、いつもはとっても優しい腕が、ちょっとギュウギュウで痛いです。副団長さんに、また怒られてます。

「くどいですよ。家族になって初めての乗馬がありますから。また1人で乗りたいですか？」

「申し訳ない」

さっと、お父さんが離してくれて、僕は副団長さんに渡されました。今日は僕、お父さんと一緒にお馬さんに乗りたいから、今は副団長さんの言うこと、ちゃんと聞いてね。

お父さん、またあとでね。

それから副団長さんは、僕がご飯を食べるのを手伝ってくれました。最初の日より、少しは上手く、食べられるようになったかな？

ご飯を食べて、ノアさんのお片づけを見てて、気付きました。あれ？　マシューさんがいない？

「マシューしゃん、いないでしゅ。どこでしゅか？　ごはん、おわりましたか？」

「マシューはちょっと用事があって、先に街へ行ったんですよ」

「また、あえましゅか？」

マシューさん、先に行っちゃったんだ、お見送りできなかった、……残念。

「もちろん、街に行ったらすぐに会えますよ。マシューは、ユーキ君が街で暮らせるように、準備をしに行ってくれてるんですよ」

そっか。きっと、準備大変なんだろうなあ。前にお引越しした時、とっても大変だったんだ。お片づけ、なかなか終わらなかった。マシューさん、準備しに行ってくれてるんだよね。またすぐ会えるって言ってたから、その時にありがとうしよう。

「さあ、ご飯の片づけも終わりましたし、私たちも出発しましょうか。……あまり遅いと要らぬ詮索《せんさく》を受けるかもしれませんからね」

「しぇんしゃく？　しぇんしゃく、なんでしゅか？」

「あ、いえ、なんでもありません。ほら団長、ユーキ君を頼みましたよ」

詮索って、なんだろうね？　まあいいか。

「さあユーキ、出発だ。このまま順調に行けば、街に着くのは夕方頃だな」

やっとお父さんと一緒に、馬に乗って移動です。昨日はマシロとお父さんのケンカで一緒に乗れなかったもんね。嬉しいなあ。

「ここから少し行ったら、森を抜けて、普通の道に出るからな。そこから街までは一本道だ」

「しゅっぱーちゅっ！」

僕は片手を上げて、かけ声をかけたのに、

『待ってくれ、ちょっと聞きたいんだが』

と、マシロがみんなを止めました。

なんなの、マシロ。僕せっかく手まで上げて、出発って言ったのに。なんでいつも、すぐに出発できないの？　僕はちょっとプンプンです。お父さんも、全くなんなんだ、って、ブツブツ言ってます。

『いや、我は人間の間では、主のためにもあまり目立たぬ方がいいのだろう』

「ああ、まあな。しかしマシロは、その大きさと存在感ですぐにフェンリルだと気付かれるからな。目立たないのが理想だが、仕方ないだろう。それがどうしたんだ？」

そうか、マシロ、もこもこ、サラサラで、とってもカッコイイもんね。ワンちゃんだけど少し大きいし。みんなびっくりしちゃうかな。

『こんなのはどうかと思ってな。何、時間はかからない。一瞬だ』

マシロがそう言って、宙返《ちゅうがえ》りした瞬間、そこにはとっても小さくなった、子犬みたいなマシロがいました。

「ふわわわ、マシロちぃしゃい！　かわいいでしゅ!!」

さっきまでプンプン怒ってた僕は、マシロの可愛い姿を見て、すぐに楽しい気持ちになりました。

小さくなったマシロの前には、さっきまでマシロが付けていた魔獣の首輪……、じゃなくて腕輪がありました。小さくなったせいで、腕から落ちちゃったみたいです。マシロはそれを咥えると、ヒョイッと上に軽く飛ばして頭を入れました。首輪はゆるゆるで、スルッと首に入りました。

でもね、今まで大きいマシロが、腕に付けてたんだよ。首輪っていうより、大きすぎるネックレスになっちゃった。マシロは全然、気にしてないみたい。お父さんに支えられている僕の前に、飛び乗ってきました。そんなマシロをぎゅっと、抱きしめます。とっても可愛い、ぬいぐるみです。

『これならば、目立たぬのではないか？』

「そんなこともできたのか。なんでもありだな」

「でも、これならば、確かに目立ちませんね。傍《はた》から見たら、ただの子犬でしょう」

「ああ、そうだな。これでマシロの問題は一応解決か。当分の間は誤魔化《ごまか》せるな。いや、よかったよかった」

僕がマシロを支え、その僕をお父さんが支えて、さあ、今度こそ街へ出発！

今度こそ出発だよね……？


少し行ったら、ってお父さんは言ってたけど、なかなか森から道に出ませんでした。僕には長く感じるけど、お父さんたちにとっては少しなのかな？

それでも森の中には、まだまだ発見があって、全然飽《あ》きることなんてなかったよ。

「とうしゃんしゃま、あれは、なんでしゅか？」

「ん？　あれか？　あれはな、リアム採《と》ってくれ」

「はいはい」

リアムさんが、僕が見つけた木の実を採って、僕に渡してくれました。

「ありがとでしゅ。とうしゃんしゃま、これたべられましゅか？　おいちいでしゅか？」

見た感じ、木の実は黄緑色をしていて、赤くなる前のリンゴみたいな感じです。まだ食べられないかな？　あっ、それよりもお父さん、食べられるってまだ言ってない。もしかして、食べるものじゃなかったりして。

僕ね、前に、テレビで見たことあるよ。木とか葉っぱとか木の実を使って、紙とかを作ってるの。

「ユーキ、これは食べるんじゃないんだ。飲み物なんだよ」

……飲み物！　僕の考えてたのと全然違ったよ。これ飲み物なんだ……。どうやって飲むのか、じっと木の実を見つめて考えていたら、

「どれ、貸してみろ」

お父さんは僕から木の実を取ると、お馬さんに付けてる縄から手を離し、ナイフを出して、木の実の上の部分を、切り始めました。

縄はね、手綱《たづな》って言うんだって。お馬さんに乗るのに、大切なんだって。それなのに手綱、放しちゃっていいの？　誰も何も言わないから、大丈夫なのかな？　あっ、でも、お父さんだから大丈夫なのか！　団長さんだしね。

お父さんは、木の実の上の部分を切って、下の部分を渡してくれました。それを見ると、中は空洞になっていて、その中に水？　が入ってました。

「ほら飲んでみろ。美味しいぞ」

僕はそっと、ひと口だけ飲んでみました。

「！！！」

もうねびっくり、木の実の中に入ってたお水は、サイダーでした。僕、サイダー大好き！
嬉しくて固まってたら、

「はは、ビックリしたか？　甘くて、シュワシュワしてて、美味しいだろう」

お父さんがそう言って、凄くニコニコしてます。

「はいでしゅ！」

木の実の名前は、「ソルダ」って言うんだって。森に多く生えてて、森の中を歩く人はお水の魔力石を忘れちゃった時に、よくソルダを飲むんだって。疲れてる時に飲むと、疲れが取れるんだって。不思議だね。

お馬さんは、どんどん進んでいきます。僕はサイダーに喜んでて、周りをちゃんと見てませんでした。お父さんが「ほら、木が少なくなってきたぞ」って言って、慌てて周りを見ます。今までより、木がありません。森のお外が、もうすぐだからなんだって。

そしてついに……。

僕たちは、森のお外に出ました。
この世界に来て、森以外の場所は初めてです。ゆっくり周りを見ます。どこまでも続く、ながーいながーい一本道と、その周りは草原でした。前の世界は、色々なものがごちゃごちゃしてたけど、ここには道以外、何もありません。でもね、僕、こっちの方がいいや。だってね、なんか綺麗だよ。

「よし、森を抜けたぞ。ここからはこの一本道を進むだけだ」

道を進むと、僕たち以外の人たちがたくさんいます。みんないろんな格好《かっこう》をしていて、たくさんの荷物を運んでる人たちが多いです。お父さんたちみたいに、剣を持って歩いてる人たちも、時々います。

歩いている人の他にも、よく分からない箱みたいなのに乗ってる人や、副団長さんが言ったように、マシロみたいな魔獣に乗って移動している人たちがいます。本当に、たくさんの人が、街に向かって移動してました。

「たくしゃん、ひと、いましゅ。びっくりでしゅ」

「この道は、大きな街から大きな街に行くための幹線道路《かんせんどうろ》だ。みんなが使う道だから人が多い。村へ行く道ならこんなに人はいないぞ。たまにすれ違う程度だ」

そのあとも、僕は、キョロキョロと周りを見て、どんどんお父さんに質問します。そしたらお父さんが言いました。

「ユーキ、少し落ち着け。オリバー、少し休憩しよう」

「クスクス、では、休憩にしましょうか」

お父さんが僕の質問に疲れちゃって、休憩することになりました。

他の人たちがたくさんいるところだから、お昼ご飯は食べません。人が多いところでご飯とか作ると、邪魔《じゃま》になるかもしれないからだって。それで副団長さんが、僕におやつを出してくれました。もちろん飲み物は、さっきのソルダです。

少しの休憩のあと、街に向けて再出発です。僕は、お父さんといるので安心して、いつの間にか寝ちゃってました。

「……キ、……ユーキ起きろ。街の壁が見えてきたぞ」

お父さんの声に、目をこすりながら前を見ます。そこには、遠くからでも分かる壁がありました。ここから見えるんだから、あの壁、きっと大きいんだろうなあ。それでね、どんどんその壁に近づいていくと、ほんとに、ほんとに大きな壁でした。

「しゅごく、おおきいでしゅ！」

「そうだろう。この壁の中に街があるんだ。壁は、街を守るために建てられているんだ」

壁が大きくて、中の街は全然見えません。これなら街も安全だね。そしてついに壁の前に到着です。

「とうしゃんしゃま、なんでみんな、ならんでるでしゅか？」

お父さんが、説明してくれます。壁の前にはお父さんたちみたいな騎士さんが立っていて、街に入る人たちに質問したり、持ち物を調べたりしてるんだって。もしも悪い物を持っていたら、街には入れません。街の人たちが、お怪我とかしたら大変だから。そうならないように騎士さんたちがひとりひとり確認するから、時間がかかって、あんなに並んでるんだって。なら僕たちも、早く並ばなきゃ。

「はやくならぶでしゅ。はやくまちに、はいりたいでしゅ」

「ユーキ君、私たち騎士は、特別に別の入り口から入れるので、あの列には並びません。ほら、あっちに別の入り口があるでしょう。あそこから入るんですよ」

騎士さんは、特別なの？　お父さん、団長さんだからかな。

「とくべつでしゅか、しゅごいでしゅ。はやくいくでしゅよ！」

「ちょっと待ってくださいね。ここで待ち合わせをしているんです。その人が来たら街に入れますからね」

誰を待ってるんだろう、早く壁の中、入りたい！　街はどんななかなあ。面白いもの、たくさんあるといいなあ。

もう目の前は街なのに、なかなか中に入れなくて、ワクワク、ソワソワです。

「間に合うといいんですがね。これ以上帰るのが遅れると、色々聞かれますからね。延ばせるギリギリの時間です」

「大丈夫だ。アイツがいるんだからな」

「そうですね。団長よりも優秀ですからね」

「……。一応私は、団長なんだが？」

早く、待ち合わせの人来ないかなあ。まだかな、まだかなあ。

ワクワク、ソワソワが止まりません。そんな僕を、副団長さんが笑って見てます。

「もう少しで来てくれるから、待っててくださいね」

って。誰が来るのか、僕が聞こうとしたら、

――おーい！

誰かが呼んでる声が聞こえました。声の方を見たら、お馬さんが走ってきてて、マシューさんが乗ってます。

「マシューしゃん！」

「ああ、来たみたいですね」

待ち合わせの相手は、マシューさんでした。そういえば、先に街へ行ったって言ってたもんね。あの時はお見送りできなくて、ちょっと寂しかったけど、本当にすぐに会えた。よかった

あ。

「悪い待たせたな。おう、ユーキもちゃんと来たな」

「はいでしゅ！」

僕は手を上げて、元気よくお返事しました。お父さんが、間に合ったか？　って聞いています。

「ああもちろん。何しろ俺が着いてから、あの人がすぐに動いて、いろんな奴に指示を出して物凄い勢いで書類を作成していたからな。で、あの人からの伝言。『覚えていなさい、たくさん仕事を用意しておきます。部屋から出られると思わないように』だってさ」

「あ、ああ……」

「ははは、大変だな、団長さん」

「団長、諦《あきら》めて仕事してください。サボらずきちんと仕事をすればすぐ終わりますよ。で、マシュー、書類は？」

「おお、これだ」

なんだか少し顔色がよくないお父さんに、マシューさんが1枚の厚手の紙を渡して、お父さんが確認します。何が書いてあるんだろう。お父さんのお顔、キリッてしてます。いつものニコニコお顔じゃありません。カッコイイお顔。僕、お父さんのこのお顔も好きかも。

「よし、完璧だ。これで安心だ」

そう言ったお父さんは、いつものお顔に戻っちゃった。もう少し見てたかったな。それに安心って？　何が書いてあるか気になって、聞いてみました。

「とうしゃんしゃま、それ、なんでしゅか？」

「何、その呼び方！　可愛い！　ユーキ、お前ほんとに可愛いな」

「そうだろう、そうだろう。うちのユーキは可愛いんだ」

お父さんがお胸を張ってそう言ったら、マシューさんが「もう親バカになったのか？」って、お父さんをジーって見つめました。

「ユーキ、これには、私とユーキが家族だと書いてあるんだ。これがあれば、もし誰かが私たちに文句を言ってきても、家族でいられる。大切なものだよ」

「ふわわ、みしぇてくだしゃい！」

紙を受け取り、内容を確認！　……できなかったよ。だって、書いてある文字が読めなかったんだ。

言葉は分かるのに、神様、文字はダメなの？

読めない僕に、お父さんが書いてあることを教えてくれました。僕はお父さんの家族で、これから一緒に暮らします、そう書いてあるんだって。そんな大切なことが書いてあるんだ。マシューさん。急いで帰って、持ってきてくれてありがとう！

ふへへ、嬉しい！　僕はもうニコニコです。お父さんにも、嬉しい？　って聞いたら……。

「ああ、もちろん。とっても嬉しいぞ」

お父さんの顔もニコニコで、ぐしゃぐしゃと、力強く頭を撫でてくれます。それが嬉しくて、もっと笑っちゃいます。

「えへへ。えへへへ」

「よし！　さあ、街に入るぞ！」

◆◇◆◇◆

いよいよ街の中に入ります。ドキドキ、ドキドキ、今度こそ街に入れるんだ。

もう、僕のテンションは最高潮、今すぐにでも走り出したい気分……。まあ、小さいせいですぐに転んで、お父さんに抱っこされるだろうけど……。

でも、そんな気分なんだ！

入り口に近づくと、そこに立っていた騎士さんが近づいてきて、ぴっと、手を頭に上げました。敬礼っていうんだって。オリバーさんが教えてくれました。騎士さんたちの挨拶《あいさつ》です。僕も騎士さんに挨拶です。ぴっ‼　すると騎士さんが笑いながら、僕にも敬礼してくれました。

お外や街の様子を話し合ったあと、騎士さんが僕の方を見ました。

「それでウイリアム団長、そちらの子供は」

ちょっとドキッとしました。「家族」でいいんだよね。大丈夫だよね。僕、街に入っても、みんなとバイバイじゃないよね。

「ああ、私の新しい家族でね、今日から一緒に暮らすんだ。これがその書類だ」

「拝見させていただきます……」

騎士さんが書類をチェックします。もうこの紙が必要なんだ。騎士さんがじっくり確認してるけど、紙見るの長くない？　お父さんの確認はもっと早かったよ。僕はまた、ちょっとだけドキドキです。

「はい、了解致しました」

やっと確認が終わって、騎士さんが書類をお父さんに返し、ニコニコのお顔で僕に話しかけてきました。

「お名前は？」

「勇輝でしゅ。よろしくでしゅ。とうしゃんしゃまと、かじょくでしゅ！」

騎士さんが固まっちゃった。どうしたの？

「あー、中に入ってもいいか？」

お父さんの声に、はっとなった騎士さんが慌てて返事をしました。

「ど、どうぞお入りください。ユーキ君、カージナルの街へようこそ」

どうしてたまに、みんな固まるんだろう？　僕、変なこと言ってないよね？

騎士さんがまた敬礼をしたから、僕ももう一度、ぴっ‼　騎士さんにバイバイして、門を潜《くぐ》り、ついに僕はカージナルの街に入りました。


カージナルは、僕が前にいたところとは全然違う街でした。

まず建物は低いです。道の両側に小さな食べ物屋さんや、果物屋さん、野菜屋さんに、お肉屋さん。剣や盾《たて》を売っていたり、本当に色々なお店が並んでで、お店の人たちが大きな声で、お客さんに声をかけています。

その後ろには、木でできてるマンションみたいな建物が建ってて、干していた洗濯物を取り込んだり、窓から顔を出して隣のお家の人とお話ししてたり、ただ窓からぼうっと外を見ていたり、いろんな人がいました。

「ここはな、この街で一番、店がたくさんある通りなんだ。大体のものはここで買うことができるぞ。後ろの建物はいろんな家族が暮らしていて、この奥に行くと一軒家もあるぞ。一軒家っていうのは、一つの家族が一つの家に住んでる家のことだ」

お父さんが詳しく説明してくれます。壁の外にたくさん人がいたけど、あの人たちが入らなくても、街の中は人でいっぱい。もちろん魔獣も。

僕が一番びっくりしたのは、ウサギさん耳の人、猫さん耳の人、そう、動物の耳をしている人たちがいたこと。びっくりして、よく分かんないけどなんだか嬉しくなっちゃって、言葉が出なくなった。

「ふおお……、ふおおおお!!」

あんまり興奮しちゃって、体が前のめりになった。すると『グエっ』て声が、お腹の方から聞こえてきました。

『ぐっ……、主、苦しい……』

あ、マシロ潰しちゃった。そうだ、今のマシロは小さくて、僕が抱っこしてたんだった。

「ご、ごめんでしゅマシロ。だいじょぶでしゅか?」

慌てて体を起こします。マシロごめんね。

「ユーキ、初めてで興奮するのは分かるが、少し落ち着け」

「……はいでしゅ。ごめんしゃい……」

まあ、子供なんてこんなもんだ、ってリアムさんが言いました。お父さんもクスクス笑って僕の頭を撫でました。

「これからここで生活するんだ。私や私の家族が一緒なら、いつでも街の中で遊ばせてやるからな」

ここで遊べるんだ。楽しみ!!　あっ、そういえば……。

お父さんの家族って……。

そうだ、僕、ただ嬉しがってたけど、お父さんの家族のこと聞くの忘れてた。僕、お父さんには家族になってくれるって言ってもらったけど、他の家族の人は、よかったのかな。僕、いらないって言われないかな……。

「あの、とうしゃんしゃま?」

「どうした?」

「とうしゃんしゃまのかじょく、ぼくいいでしゅか?　いっしょに、くりゃしゅの」

「ああ、私の家族を気にしてるのか、それなら大丈夫だ」

なんで大丈夫?　だって初めて会うし、それにお家に行くこと、まだお話ししてないでしょう。そしたらね、さっきマシューさんが持ってきてくれた家族の書類以外に、もう1つお手紙があったんだって。それは、お父さんの家族からのお手紙でした。マシューさんが先に街に戻った時に、お父さんが僕のことをお手紙に書いて、家族に伝えておいてくれたんだって。

「ぼく、だいじょぶ？」

「ああ。ユーキも、私の家族に会うのを楽しみにしていろ」

「はいでしゅ！」

綺麗な夕日の中、僕たちはこれから一緒に暮らす、お父さんのお家に進んでいきます。

お父さんと、お父さんの家族の人たちと、これから家族になるんだ。マシロも一緒。嬉しいなあ、嬉しいなあ。


だんだんとお店の数が減ってきて、いつの間にか、お家ばかりのところにやってきました。

ほとんどのお店が街の中心にあるから、他はお家ばっかりなんだって。

そのお家も減ってきて、何もなくなったところにありました。

大きな大きなお家が。

「ふわあ、おおきいでしゅ。だれのおうちでしゅか？」

ここに住んでいるのは、どんな人なのかな？　きっと街の中で一番大きくてカッコイイお家だよ。

「ここが私の屋敷だよ。ユーキがこれから暮らすお家だ」

「ふぁっ！　おうちここでしゅか！」

びっくりです。カッコよくてとっても大きいこのお家が、これから僕が暮らすお家でした。

あんまりびっくりして、ぽけっとしたまま、門の前まで進みました。

門の前に着くと、立っていた2人の騎士さんが、敬礼をして門を開けてくれました。ギィーって音がして門が開きます。お父さんが中に入ります。

「では団長、我々はここで」

「ああ、ご苦労だった。ゆっくり休んでくれ」

みんなは、門の中に入ってきません。どしたの？

「どこいくでしゅか？」

「みんな自分の家に帰るんだ。仕事は終わりだからな」

そっか、みんな自分の家に帰るんだ……、今まで一緒だったから、少し寂しいな……。

「ユーキ君、私たちとはいつでも会えますからね。そんな顔しないでください。家は近いですし、街を案内するって約束したでしょう」

そうだった、案内してくれるって約束だった、あんまり色々楽しいことがあって、忘れるとこだった。イケナイイケナイ。じゃあ、すぐ会えるんだね。よかったあ。

「はいです！　またあちたでしゅ！」

「はは、明日か」

「明日ですか……。ふふふ」

「またね。ユーキ君」

「じゃあな！」

4人にバイバイして、僕たちは玄関に向かいます。玄関に着くまで、お馬さんでちょっと歩きました。

お庭がとっても広いです。お庭で遊んでもいい？　と聞いたら、お家の周り全部がお庭なんだって。誰かと一緒に遊ぶならいいぞって。僕1人だと、迷子になっちゃうからだって。そんなに広いんだ。お家で迷子……。凄いね。

玄関が見えてきて、たくさんの人が立っているのが見えました。みんな綺麗に並んでます。何してるの？

「出迎えだ。みんなユーキの家族だぞ」

「ふわわ、かじょく、ぼくのかじょくでしゅか」

みんな家族だって。凄い凄い！　あんなにたくさん家族になれるなんて！

玄関の前に着いて、いよいよみんなとご挨拶です。

ドキドキ、ドキドキ。

「お帰りなさいませ、旦那様」

「ああ」

背の高い男の人が、最初に声をかけてきました。スッと別の男の人が何も言わずに、お馬さんの手綱を持つと、お父さんがお馬さんから降ります。次に僕を抱き上げて、降ろしてくれました。お馬さんはそのまま男の人がどっかに連れてっちゃった。小屋に帰るんだって。お馬さん、お疲れ様でした。僕を乗せてくれてありがとう。あとでお父さんに頼んで、おやつ持ってくね。

僕が地面に降りると、女の人と、前の世界なら高校生くらいの男の人が2人、前に出てきたよ。

「あなた、早くその可愛い子を紹介してください。楽しみにしていたのよ」

「僕たちだって、弟ができるって聞いて嬉しかったんだから」

「本当に小さいんだな」

「分かった、分かった、お前たち、どれだけ楽しみにしてたんだ」

お父さんが僕を少し前に出して、紹介してくれました。

「名前はユーキ、森の中で見つけた、とってもしっかりした子だ。でもまだとても小さいから、みんなで守っていこうと思っている。よろしく頼む。ユーキ、挨拶できるか？」

ここはしっかり挨拶しなくちゃ、これから家族になるんだもんね。僕はマシロを側に降ろして、気をつけの姿勢で、ピシッ！

「勇輝でしゅ。えと、かじょくになりましゅ。よろしくおねがいでしゅ」

これで大丈夫かなぁ。もっと何か言った方がいい？　お父さんを見ると、大きく頷いて、にっこり笑ってくれました。自己紹介は成功したみたいです。ふう……。よかった……。

「あらあら、本当にしっかりした子なのね」

「凄いね、ちゃんと自己紹介できてる」

「ちゃんと、気をつけまでしてるし」

「よし、よくできたな。今度はこちらの番だ。こっちが妻のオリビア、隣がアンソニー、で、その隣がジョシュアだ」

最初にご挨拶してくれたのは、お母さんでした。お母さんは髪が長くて、腰のところくらいまであります。とってもサラサラ。風で揺れると、ちょっとキラキラしてるみたい。金色みたいな髪の色だからかな？　ずっとにっこり笑ってて、凄く綺麗なお母さんです。

「ユーキちゃん、初めまして、オリビアよ。あなたのお母さんになります。これからよろしくね」

お母さんの次は、２人のお兄ちゃん。

「僕はアンソニー、18歳だよ。よろしくね。僕の部屋にはたくさん本があるから、読みたかっ

たらどんどん持っていってね。あ、でも、ユーキが読める本はないか」

「俺はジュシュア、17歳、剣が得意だ。父さんと同じ騎士を目指してる。剣とか弓とか、訓練したかったら俺と一緒にやろうな」

「いやいや、剣とかはまだ早いだろう。こんなに小さいのに、歩くのも大変なんだから」

「そうか?」

アンソニーお兄ちゃんは、本が好きなんだね。でもお兄ちゃんが言った通り、お兄ちゃんのお部屋にある本、難しい本ばっかりな気がする。

ジョシュアお兄ちゃんは剣が得意。そうか、お父さんみたいにカッコイイ騎士さんになるんだね。

「2人ともなんですか、ユーキちゃんは、私と一緒にお庭でお話しをするのよ」

「ダメだよ母さん、独り占めさせないからね」

「そうだ、俺と剣の練習するんだから」

「だからまだダメだって」

お話、止まらなくなっちゃった。僕がポカンとみんなを見ていると、お父さんが僕の頭を撫でて、優しく微笑んでくれました。

「これからみんなで、楽しく暮らそうな」

「はいでしゅ！　とうしゃんしゃま！」

そう答えた時でした。お母さんがガバッと僕を抱き上げたと思ったら、目の前に綺麗な顔。

お兄ちゃんたちも来て、物凄く近くで僕を見てる、……何？　どうしたの。

「ちょっと待って、今の何？　ユーキちゃん、なんて言ったの！」

ふええ、お母さんちょっと怖い、本当にどうしたの？

「もう一度、もう一度言ってみて！」

え？　何を？　……お父さんのこと？　やっぱり呼び方おかしいかな？

「えっと、とうしゃんしゃま……？」

みんなが動かなくなっちゃった。ほんとにみんな、よく固まるよね。なんなんだろう？

ふとお母さんたちの後ろを見ると、立っていた女の人たちが何人か座り込んでる。ふわ！

今度はどうしたの！

慌てる僕は、お父さんを探して、キョロキョロ。助けてお父さん！　みんな変だよ。

「あー、みんなやられたな。おいオリビア！」

慌てる僕とは反対に、お父さんはのんびりしてます。お父さんの声に、固まってたお母さんが復活しました。

「ハッ、あなた。あなたが教えたの、そう呼ぶように」

「いいや、ユーキが自分から言ってきたんだ」

「そう、そうなのね。ユーキちゃん、早速《さっそく》私とお話ししましょう！　さあ！」

お母さんにしっかり抱っこされ、そのままお家の中に入っていきます。

ま、まだマシロ紹介してないよ、ちょっと待って！　ハッ、マシロは？　マシロどこ！　見るとマシロは、さっき僕が下ろした場所で、お母さんたちの勢いにビックリしたのか、ボケッとしていた。

「マシロ！　ちゅいてきて！」

『!!』

マシロが慌ててついてきて、そのあとをお父さんが「やれやれ」って言って、さらについてきます。もうみんな、バタバタです。

よく分からないまま、僕はお母さんに連れていかれちゃった。座り込んでた女の人たちもいつの間にか復活して、お家に入ると、バッて物凄いスピードでどこかに行っちゃった。ほんとみんな、どうしたの？

お母さんは僕を抱っこしながら、どんどんお家の中を進んでいきます。気になるものがチラホラ見えたけど、お母さんのスピードでよく分からなかったよ。

お母さんはあるお部屋の前に着くと、勢いよくドアを開けました。

お部屋の中はとっても広くて、前に住んでた家の部屋が何個も入っちゃうくらい。大きな机と、たくさんの椅子。10人くらい座れそうだよ。天井にはキラキラした電気？　が点《つ》いてる。きっとこのお部屋は、お父さんや団員さん、偉い人たちがお話をする場所なんだろうな。

「ユーキちゃん、今日からご飯を食べる部屋はここよ。時間になったらみんなでご飯を食べるの」

「ごはんでしゅか……」

お話し合いの部屋じゃなかったんだね。ご飯を食べるとこだったよ。こんな大きいお部屋でご飯食べるの？　ビックリだね。だって前のお家のご飯のお部屋は、お母さんと僕の２人でいっぱいだったんだ。

「メイドさんがまた案内してくれるけど、ここがご飯を食べる場所よ。さあ、次に行きましょう。ここはたまたま通りがかっただけだから」

そう言うとお母さんは、またどんどん歩き始めました。たまたま案内してくれただけだったんだ。行こうとしたお部屋じゃなかったみたい。

そして次のお部屋に着くと、また勢いよくドアを開けたよ。お母さん、結構元気がいいね。ドアが「バンっ」て鳴るもん。

「お前はいつもいつも、もう少しドアを静かに開けないか」

お父さんがそう言うと、あら、これでも抑えてるのよ、って言ってたから、いつもそうなんだね。元気がいいお母さん、僕好きだよ。

次のお部屋は、さっきのご飯のお部屋よりは小さいけど、でもやっぱり広くて、カッコイイお部屋でした。

「ここは、ご飯のあとにゆっくりしたい時に使うお部屋よ。さあ、座ってお話ししましょう」

お母さんは僕をソファーに座らせて、自分も隣に座りました。他のみんなも、それぞれソファーに座ります。このお家に来て、最初に話しかけてきた背の高い男の人と、1人の女の人は立ったまま。なんで？

「それでユーキちゃん、どうしてとうしゃんしゃまって呼んでるの？　教えてくれる？」

「えと、とうしゃんはとうしゃんで、しゃまは、みんながだんちょうしゃんて呼んでて。だんちょうさん、いちばんえらい人でしゅ。えらい人は、しゃまって言いましゅ。だからとうしゃんしゃまでしゅ」

僕が説明すると、お母さんが頷きました。

「ああ、そういうことなのね。だからそんな呼び方になっちゃったのね。ユーキちゃんが言うと可愛いからいいのだけど。ユーキちゃん、私たちは家族でしょう？」

「はいでしゅ！」

「家族には、様は要らないと思うの。だから……。あなた、アンソニーとジョシュアはお父さんだったけど、パパって呼ばれてみる？」

「パパか、呼ばれなれないな。ユーキ、パパって言ってみてくれ。可愛い方がいい」

可愛い方？　可愛いってなんだろう。分からないや。普通に言えばいいよね？

「パパ？」

少しの間、お部屋の中が静かになりました。

「………。うんやめよう。何かダメだ。そのつぶらな瞳《ひとみ》でパパなんて言われたら、俺がユーキから離れられなくなりそうだ」

離れるって聞いて、僕慌てちゃったよ。

「ふぁっ！　はなれるって、バイバイでしゅか！」

「あ、いやいや違う違う」

「お仕事が、できなくなるっていうことよ。まあ、あなたの場合は、いつもですけどね。もう少しどうにかしたら？　いつも怒られて、全く……」

お父さん、お仕事嫌いなの。なんかみんなから同じこと言われてるけど。お仕事は大切。僕のお母さん、一生懸命お仕事してた。お昼にちょっとしか一緒にいられなかったもん。

「ま、まあ、そのへんは置いといて、2人と同じお父さんで行こう。とうしゃんしゃまのしゃまを、なくして言ってみろ。とうしゃんだ」

「とうしゃん！」

「うん、それでいい」

お父さんから、合格をもらいました。

「じゃあ、私はお母さんね。母さんよ」

「かあしゃん！」

「じゃあ僕たちは、お兄ちゃんだね」

「にいしゃん！」

「えー、俺は兄貴《あにき》がいいなー」

「ジョシュア、あなたは黙りなさい。こんな可愛いユーキちゃんに、そんな呼び方をさせないわよ」

みんなの呼び方、決定です！

嬉しいな、お父さん、お母さん、お兄ちゃん、いっぱい家族ができちゃった。

僕が嬉しくてニコニコ笑っていると、背の高い男の人が話しかけてきました。

「旦那様、私たちの紹介も」

「ああ。ユーキ、この背が高い男は、この家の執事《しつじ》だ。執事っていうのは、家のことや私の手伝いをしてくれる、なんでもできる人だ。名前はアシェルだ。呼び方はアシェルでいいぞ」

「あしぇるしゃん！」

「ただのアシェルですよ。さんは要りません。呼び捨てでいいのです。私は旦那様に、そしてこのお屋敷に仕えていますからね。と言っても、ユーキ様にはまだ分かりませんよね」

？？？　うん、全然分かりません。何言ってるのか、さっぱりです。なんでアシェルさんはアシェル？　頭の中がぐるぐるです。どうしたらいいの？　アシェルさんが困った顔で、お父さんを見てます。

「分からんよな。いいかユーキ、何も考えなくていいから、私の言う通りに。アシェルのことはアシェルだ。言ってみろ」

「あしぇる！」

「よし、それとアシェルは、ユーキのことをユーキ様って言うが、気にするな。そういう決まりなんだ」

…………。なんで僕は、様って呼ばれるの？　考えても分かんない。もういいや、お父さんの言うことを聞いておこう。

次にご挨拶してくれたのは、女の人です。ご飯になったら呼びにきてくれたり、お着替えの手伝いしてくれたり、お部屋の掃除をしたり、色々してくれる人なんだって。

「ユーキちゃん、こっちの女の人は、メイドのアメリアよ。ユーキちゃんのお手伝いをしてくれる人よ。呼び方はこうよ。アメリア。それだけよ。言ってみて」

「あめりあ！」

「アメリアもユーキ様って呼ぶけど、気にしないでね」

アメリアもアシェルと一緒だって。どういう人に、様って言うのかな？

「ユーキ様、アメリアです。よろしくお願いしますね。ああ、こんなに可愛いお子様のお世話ができるなんて。私はなんて幸せ者なのでしょう。奥様、選んでいただき、ありがとうございます。ユーキ様のことは、全て私がお世話致しますわ。さて、では仕事に戻ります」

アメリアはニコニコ笑って、「可愛いは正義！」、そう叫んで、スキップしてお部屋を出ていった。

……何か近づいちゃいけない気がする。でも、初めて会った人だし、どうしよう。お父さんの家族だから、大丈夫だよね？

お父さんは、今紹介したお母さん、お兄ちゃんたち、それからアシェルとアメリアだけ名前を覚えなさいって。他の人は、だんだんと覚えればいいって。

疲れてるだろうから、今日は夜ご飯を食べて、少しゆっくりしたら寝るように言われた。マシロの紹介は明日になった。マシロのこと、ゆっくり説明しないと、みんなびっくりしちゃうからだって。

みんなでお話ししていると、アメリアが呼びにきてくれて、みんなでご飯を食べるお部屋に移動です。

ご飯は、みんなとはちょっと違うメニューでした。食べやすいスープや、とっても柔らかいお肉を少しずつ。すっごく美味しくて、すぐに全部食べちゃった。デザートにケーキも出たんだよ。

でもね、ご飯よりも楽しかったのは、みんなでおしゃべりしながら食べたこと。これからも今日みたいな日がたくさんあるといいな。

ご飯のあと、別のお部屋でゆっくりしていたら、アメリアが僕を呼びにきました。

「ユーキ様、そろそろお休みの準備を致しましょうね。お部屋にご案内しますよ」

「お部屋?」

「ユーキちゃん、あなただけのお部屋よ。さあ、行きましょう」

「ぼくのおへや、あるでしゅか?」

「ええ、ちゃんと用意してあるわよ」

「お前、部屋がなかったらどこで寝るつもりだったんだ」

ああ、そっか。今まで森で寝てたから忘れてた。お母さんが僕を抱っこして移動です。僕の部屋は3階にあって、階段に一番近いお部屋でした。そして前と同じで、お母さんが元気よく、バンッ！　って、ドアを開けました。

「ここがユーキちゃんのお部屋よ。どう、とっても広くてカッコイイでしょう。男の子だからカッコイイお部屋にしたのだけど、ユーキちゃんの場合は可愛い方がよかったかしら？」

「ふわわ、ここぼくのおへやでしゅか！　しゅごいでしゅ！」

お部屋の中は、とっても広くてびっくり。僕には大きすぎるベッドが一番奥にあって、手前には素敵な飾りが付いた机と椅子。大きな窓からは、お外がよく見えます。

あんまりカッコイイお部屋だったから、前のお母さんに言われたこと忘れるとこだったよ。前のお母さん、僕のお部屋はベッドの上だけだって言ってた。ベッドから下りると凄く怒ったんだ。悪いことだって。

「とうしゃん？」

「ん？　どうした？」

「ほんとにここ、ぼくのおへやでしゅか？　前いたところ、ぼくのおへやは、ベッドの上だけでしゅた。あのベッドの上が、ぼくのおへやでしゅか？」

「ユーキちゃん……」

なんでだろう、みんな何も言わなくなっちゃった。なんか寂しそうなお顔してるし。

ちょっとして、お父さんが頭を撫でてくれて、その時にはいつもの笑顔に戻ってました。

「ユーキ、ここは全部、ユーキが使っていいんだ。この部屋全部がユーキの部屋なんだぞ」

「いいでしゅか？　だれもおこりましぇんか？」

「もちろん、だれもユーキを怒ったりしない。ここのものは、全部ユーキのだ」

そっか。怒られないのか。本当にここ全部、僕のお部屋なんだ。そっか、そっか……。

「とうしゃん、ありがとでしゅ。とってもうれしいでしゅ！」

「おお、好きに使え！」

ガシガシッと、勢いよく頭を撫でられました。嬉しいなあ。ここが全部僕の部屋なんて。こんなに広かったらなんでもできるね。マシロといっぱい遊ぼうっと。

「さあ、ユーキちゃん、今日はもうお着替えして寝ましょうね。お洋服はこのクローゼット……そうね、お洋服を入れる箱のことよ。このクローゼットの中から、私かアメリアが選ぶけどいいかしら。自分で選んでもいいわよ。でも最初はお母さんに選ばせてね。お母さん、選ぶの楽しみにしてたのよ」

そう言うとお母さんは、クローゼットから寝るためのお洋服を、選んでくれました。まっ白いお洋服で、上のシャツと下のズボンがくっついてるんだ。お母さんが前のボタンを外してくれて、僕が腕と足を入れると、ボタンを止めてくれたよ。

「あら、やっぱり似合うわね。とっても可愛いわ。さあ、歯磨《はみが》きはこっちよ」

一度お部屋を出て、歯磨きをする場所へ。歯磨きをして、トイレに行って。トイレね、前の世界とちょっと違ってた。先にボタン押して、水を出したままでトイレして、終わったらもう一回ボタン押して、水を止めて終わりです。水出しっぱなし。もったいない。

お父さんにそう言ったら、魔力石があるから、いくら使っても大丈夫なんだって。お外の入れ物に、たくさんお水貯《た》めてあるんだって。じゃあ、魔力石なくなったら大変だね。

トイレも終わって、さあ、寝る準備は完璧です。

ベッドに入る僕。みんなが順番に、お休みなさいをしてくれました。

お父さんが魔力石の光を消して、みんなが部屋を出ていって、お部屋の中は僕とマシロだけになりました。ずっと静かだったマシロ。ベッドの横で、マシロ専用の小さいクッションに寝ます。

こんなに嬉しいこと、楽しいことがあっていいのかなあ。もしかしたら、夢なのかも。次に目が覚めても、このままがいいけど……。大丈夫だよね。みんないなくならないよね？

そうだ！　言葉の練習しなきゃ。さっきちゃんと家族って言えたよね。きっと練習すればもっと上手く話せるようになるよ。文字も覚えよう。誰か教えてくれるかな？

お外でたまに、鳥が鳴く声が聞こえる以外、シーンとしているお部屋の中で、なんかちょっと寂しくなっちゃった。

「ねえ、マシロ、おきてりゅ？」

『どうした、主』

「いちゅもみたいに、いっしょねてもいい？」

『もちろんだ』

お月様の光で、マシロが首輪を外したのが見えた。ぽんっといつものマシロに戻って、お座りをしてくれて。僕はマシロのしっぽに包まれて、そのまま夢の世界へ行った。

＊＊＊＊＊

痛いよ。足、痛い……。

ぼくは大きな木になんとか登って、怪我をした足をペロペロ舐めた。あの人間たちはなんて言ってた？

「絶対に捕まえろ！　一生遊んで暮らせるんだぞ！」

「怪我させても、死んでてもいい。死体だって売れるんだ。逃すな、追え！」

「まさかこんなところに、伝説の魔獣がいるなんて！」

ぼくのことを怪我させて、どうするつもりだったの？　ぼく、何もしてないよ。痛いことしないで……。ふと、街の方を見る。

あれ、あっちの方に暖かい光が見えるよ。太陽みたいに、ぽかぽかの暖かい光。なんだろう、ぼく、あの光大好き。あの光のところに行きたいなあ。

行っても大丈夫かな？　人間に追いかけられたりしないかな？　もう追いかけられるのはやだなあ。でも……。

あの光のところに行ったら、ぼく、もう逃げなくてもいい気がする。行ってみようかな。

ぼくは怪我した足を引きずりながら、暗闇にまぎれ、光に向かって歩き出した。

何があるか分からない。もしかしたら、今度こそ人間に殺されるかもしれない。それでもぼくは、あの光のところへ行きたい！

＊＊＊＊

もふもふのマシロに包まれて、僕はぐっすり寝てました。

トントン、トントン。

「すう、すう……」

トントン、トントン。

「うにゅう……。あしゃ……。すう……」

ドアを叩く音に、一瞬目が覚めたけど、もう一度目を閉じました。それからガチャっという音がして、誰かが部屋に入ってきました。だあれ？　僕、寝てますよ。

「ユーキ様、朝ですよ。起きてくだ………！」

それは突然でした。

バアアアンッ‼　ていう、大きい音と、凄い風が吹いて、僕は転がって目を覚ました。な、何、なんの音！　あれ、もふもふのマシロベッドは？　え、え？　僕がパニックになってたら、誰かがケンカしてる声がしました。

「ユーキ様から離れろ、魔獣！」

『おぬしこそ、主の睡眠を邪魔するとは、どういうつもりだ！』

「なっ、話せる……お前は上位種か！　なぜユーキ様の部屋に？　可愛いユーキ様を襲い、食らうつもりか！」

『主の安眠を妨げる者は万死《ばんし》に値《あたい》する、覚悟するがいい！』

見ると、部屋の真ん中でマシロとアメリアが戦ってた。

何があったの2人とも。なんで戦ってるの？　お話の仕方もなんか変だし。よく見ると、カッコイイ机も椅子も壊れちゃってるし、壁にもキズがついちゃってる。

「だめでしゅよ。おへや、こわれるでしゅよ！」

なんとか止めようとしたけど、2人に僕の声は聞こえてなくて。このままじゃ僕のお部屋、壊れちゃう！

2人がお互いを攻撃するたびに何かが壊れます。窓が割れて、クローゼットが倒れて、机も転がって、椅子も壊れて、お部屋の壁にもたくさんの傷が……。僕はただ、その戦いを見てるしかありませんでした。

あっ、そういえばアメリア凄いね。マシロと戦えるなんて。ビッグエアーバード倒せるくらいマシロ強いのにね。2人の戦いを見て、思わずそんなこと考えちゃったよ。

「そこまでだ！」

ぼけっとしていると、大きな声が。

「アメリア、引きなさい！」

2人の間に、お父さんとお母さんが立ってました。いつの間に？

「2人とも落ち着け、ユーキの部屋を壊すつもりか！　……まあ、もう壊れてるが。ユーキなんて、あすこに転がってるぞ！」

『主！』

「ユーキ様！」

やっと2人が僕を見てくれて、一緒に駆け寄ってきます。

『主、怪我はないか？』

「ああ、ユーキ様、申し訳ありません」

部屋の中を見渡すと、壊れてないものなんて、1つもありませんでした。初めての僕だけの部屋、ボロボロ……。ボロボロだよ。ふえぇ……。

「ダメでしゅよ！　ぼくのおへや、ぼろぼろでしゅ……。こわれちゃったでしゅ……。うわあああん」

「ああ、ユーキちゃん、大丈夫よ。すぐにお部屋は直してもらいますからね。ほら、こっちにいらっしゃい。それからあなた。ユーキちゃんと一緒にいたワンちゃんね。まさか、フェンリルだったとはね。あなたも小さくなってついてきなさい、アメリアも」

お母さんは、泣き出しちゃった僕を抱っこして歩き出しました。途中で騒ぎを聞きつけたお兄ちゃん2人も合流です。着いたのは、休憩するお部屋でした。お部屋に着いても、お母さんは泣いている僕を、ずっと抱っこしてくれてました。背中を撫で、頭を撫でてくれて、それがとっても気持ちよかったです。

少しして、ようやく泣きやんだ僕と、マシロとアメリアに、お母さんがどうしてこうなったのか聞いてきました。

僕は、昨日の夜寂しくなって、マシロに包まれて眠ったこと、朝、目を覚ました時にマシロとアメリアが戦ってたことを話しました。

マシロは、突然アメリアが攻撃してきたので、寝てる僕を守ろうと戦ったこと。アメリアは、部屋に入ってまさかフェンリルがいるとは思わず、僕を守るために攻撃したことを、それぞれが説明しました。

「そうだったのね。寂しくなっちゃったのね。ごめんなさいね、気付いてあげられなくて」

「それでマシロと一緒に寝たのか。もう少し考えてやればよかったな」

「それにしても、子犬がフェンリルだったなんて。しかも上位種」

「凄いな。なあ、悪いんだけど、大きくなってもらってもいいか?」

『ふん、なぜ我が、言うことを聞かねばならな……』

「マシロ、なかよくでしゅよ」

『…………』

ボンッ。マシロが本来の大きさに戻ると、ジョシュアお兄ちゃんは大喜び。うおーっ、て叫んでる。それがなかなか止まらない。

あっ、お兄ちゃんの頭に何かがぶつかって、頭押さえて静かになったよ。よく見ると、下にお盆《ぼん》？ が落ちてました。どこから飛んできたの？

「ジョシュア、うるさいわよ。静かにしなさい。それで私、思うのだけど、今回はユーキちゃん、マシロ、アメリアは悪くないと思うの。どう考えても、マシロのことを報告しなかった人が悪いわよね。ねえ、あなた？」

「い、いやお前、昨日の夜、こいつについては明日説明するってことで、話がついてたよな」

「ええ、そうね。でもね、こんな重要なことだとは思わないでしょう。何かあるとは思ったけど。大体あなた、最初に知らせを寄越した時、この件も知らせることができたでしょうに。それをあなたは……」

お母さんの話が止まりません。なんかお父さんが、どんどん小さくなってく気がする。アンソニーお兄ちゃんは首を横に振って、お母さんの代わりに、僕を抱っこしてくれた。

「ああなったら、当分終わらないから放っておこう。ほら、その間にここで朝ご飯食べちゃいな。アメリア頼むね。食べやすいものを」

「はい」

アメリアがご飯を持ってきてくれて、食べる僕。マシロは僕の横で、また小さくなって「伏せ」してます。

話が終わったのは、それから少し経ってから。アシェルが来てくれて、僕の部屋のこと教えてくれました。僕のお部屋、今日のうちに直るって。凄いね。あれだけボロボロになったのに……。それと、副団長さんが来たことを知らせてくれました。

副団長さんが部屋に入ってきて、お父さんとお母さんを見て、

「ああ。またですか」

それだけ言うと、僕の方に来ました。

「ユーキ君、おはようございます」

「おはようでしゅ。まちへいきましゅか？」

副団長さんと、街へ行くお約束です。

「それなのですが、ユーキ君、また今度でもいいですか？」

「こんどでしゅか？」

「はい。私たちは森にいたでしょう？　その間、街の仕事ができなかったので、それが終わるまで待ってもらいたいんです。終わってからの方がゆっくり街を案内できますからね」

お仕事が終わらないんだ。もしかしてお父さんのお仕事？　みんなが「お仕事しなさい」っ

て、お父さんに言ってたし。僕は聞いてみました。

「……とうしゃんの、おしごとでしゅか？」

「なんでだよ！　違うぞ、ユーキ」

お父さんがすぐにそう言いました。だってそう思ったんだもん。

「これはこれは、なかなか鋭いところをついてきますね。旦那様、まだ少ししか一緒にいらっしゃらないのに、もう『仕事をしない人』と、ちゃんと認識されているのですね」

「凄いわね、あなた。ユーキちゃんにまでそんな風に言われるなんて。でも本当のことだから仕方ないわよね」

「くっ……、お前たち……」

「ははっ、違いますよ。なるべく早く終わらせてきますから、待ってもらえますか？　あれ、そういえば、とうしゃんしゃま、はやめたのですね」

お仕事は大切だもんね。僕、お仕事終わるの待つの得意なんだ。だって、前のお母さんの時、お仕事終わって帰ってくるの、毎日待ってたんだから。それくらい平気だもん。

「だいじょぶでしゅ。ぼくまてるでしゅ！」

「ありがとうございます。待っていてくれるユーキ君に、プレゼント。これです」

副団長さんが僕にくれたプレゼントは、魔獣の首輪でした。黒色の首輪。

そういえば、朝、大変だったから、マシロの首輪のこと忘れてたよ。それに、見つけるの大変だよね。部屋、ぐちゃぐちゃだもん。よかった。首輪をプレゼントしてもらえて。

「ありがとでしゅ！」

「マシロは真っ白ですからね、黒が似合うと思ったんです。それに、この首輪は特別なんですよ。まず、付けてみましょう」

小さいマシロに首輪を付けると、副団長さんの言った通り、とってもマシロに似合ってた。

「よし、ちゃんと付けられましたね。ではマシロ、今度はそのまま本来の姿になってください」

『分かった』

ボンッ。マシロが大きくなっても、首輪は壊れないで、ちゃんと付いてます。

「どんなサイズにも合わせられる首輪です。これで気にせず、いつでも変身できるでしょう」

「ふおお、ありがとでしゅ。マシロ、よかったでしゅね」

その後、みんなはそれぞれお仕事に行ったり、学校のお勉強したり、剣の訓練に行ったりしました。僕はね、街に行かなくなったから、お母さんにお庭に連れていってもらったんだ。

3章　夜の出会い

ぼくは、草陰に隠れて、様子を窺《うかが》った。

少し離れたところに人間が何人か見える。大きい人間、小さい人間。みんな楽しそうに笑っている。僕を追いかけてきた人間とはどこか違う。トゲトゲした赤い光が出ていない。今見える大きい人間からは、薄い緑の綺麗な光が出ている。この光は安全な色だって、ママが言ってた。トゲトゲした赤はダメだって。

でも……。小さい人間はもっと違った。オレンジや黄色や白、いろんな色が混ざって、キラキラ輝いている。それに、ぽかぽかと暖かい。何か元気が出てくる、安心する光。

側に行っても大丈夫かなぁ。ちょっと怖いなあ。もしかしたらあの光は偽物《にせもの》で、僕を捕まえる罠《わな》かも。もう少し様子を見よう。もう少しだけ……。

そうだ、あの小さい人間が1人になるまで待とう。1人になってから会いに行って、お話ししてみよう。もし攻撃されても、あの小さい人間だったら逃げられるはず。そうしよう。

＊＊＊＊＊

「ユーキちゃん、美味しい？」

「はいでしゅ、とってもおいしいでしゅ！」

「そう、よかったわ。でも、あんまり食べすぎちゃダメよ。お夕飯が食べられなくなっちゃうから」

「はいでしゅ！」

今日僕は、ずっとお庭で遊んでます。お昼もお庭で食べたんだ。今は、おやつの時間です。今日のおやつは、お母さんが作ってくれたプリンです。多分プリン。味はプリンだったから。色が違うけど。色はねえ……青だった！　ちょっとびっくり！　でも、とっても美味しかったよ。

おやつが終わって、お父さんが迎えに来てくれて、休憩のお部屋へ移動です。僕はお母さんがくれた、お砂遊びの道具を片づけます。

「さあ、お家の中に入りましょう」

「はいでしゅ」

お父さんとお母さんのあとについていこうとしたら、マシロが外の壁の、草が生えてる場所をじっと見てた。

「マシロ、どうしたでしゅか？」

「……、いや、なんでもない」

僕たちが止まってたら、お母さんに呼ばれました。お父さんがこっちに戻ってきて、僕の好きな肩車をしてくれました。きゃっきゃっと喜ぶ僕。そのまま休憩のお部屋まで肩車してもらいました。

そしてなんと、僕のお部屋、本当に1日で直っちゃった。

夜のご飯を食べて、みんなにお庭で遊んだお話をしてたら、アシェルが、お部屋が直ったって呼びに来てくれたんだ。凄いねえ。あれだけボロボロだったのに。

お父さんとお母さんがお部屋についてきてくれたよ。お部屋は……、ホントに直った‼

今日の朝、僕が夜に寂しくなったって言ったから、お父さんもお母さんも心配して、２人のお部屋に誘ってくれました。

「本当に大丈夫？　一緒に私たちと眠ってもいいのよ」

「そうだぞ、寂しい時は寂しいと言っていいんだからな」

「だいじょぶでしゅ。もうへいきでしゅ。とうしゃんも、かあしゃんも、みんなみんな、ちかくにいてくれましゅ。だからだいじょぶでしゅ」

「そうか」

「何かあったらすぐ呼んでね」

代わりばんこに頭を撫でてくれて、２人がお部屋を出ていきました。

お家の中が静かになりました。たまに足音はするけど、あとは、外の鳥の声？　が、聞こえるだけ。多分みんな寝ちゃったんだね。僕はまだ眠くなくて、ベッドから下りて、マシロをもふもふなでなでして遊んでました。

『！』

突然、マシロが窓の方を見て、立ち上がりました。

「マシロ？　どうしたでしゅか？」

『外に何かいる。夕方の気配はコイツのか？』

「おそと？」

『誰だ！』

マシロが僕を守るようにしっぽで包んで、窓の方を威嚇《いかく》しました。外は静かなまま。何がいるんだろう。

マシロが早く出てこいって言って、もっと唸ったら、窓の外に、小さい塊《かたまり》が見えました。暗くてよく分からない。でも、何か怖くない気がする。僕はマシロのしっぽから抜け出して、そっと窓の方に。勝手に動くな、って言われたけど、僕は窓に近づきました。そして――

「だいじょぶ、きっとこわくないでしゅ。まどあけるでしゅよ」

『おい！』

窓を開けて、外を見ます。窓の外には、1匹のワンちゃんがいました。あれ、ワンちゃんじゃない？　お月様の光だけだからよく分からないけど、体とかは前の世界にいた、プードルっていうワンちゃんに似てる。色はピンクで、背中には白い羽がありました。何か、ちょっとフラフラと飛んでるみたい。

「どうしたでしゅか？　おへや、はいりましゅか？」

そう言うと、そのワンちゃん？　が、羽をパタパタさせながら、お部屋の中に入ってきました。そしてベッドの上にお座りして、でもすぐお座りをやめて、丸くなっちゃった。

『お前は……』

「マシロしってるでしゅか？」

『おそらく奴だと思うが、そ奴、だいぶ弱っておるぞ。怪我でもしているのではないか』

「おけが！　たいへんでしゅ、どこおけがしたでしゅか！　くらいからよくわからないでしゅ」

マシロは、魔力石で明かりを点ければいいだろう、って言ったけど、お父さんとお約束したもんね。魔力使ったらいけません。ダメダメです。

『それは分かるが、ではどうする？　これでは、様子を見ることもできんぞ』

『オレたちが、手伝ってやるよ』

突然の声に、体がビクッとしました。周りを見ても誰もいません。

「だれでしゅか？　どこいましゅか？」

開けっぱなしの窓から、小さな光が2つ、お部屋の中に入ってきました。光は僕の周りをぐるぐる回って、よく見ると、その光の中に人の姿が見えました。

光の中の人は、僕が前の世界で読んだ、絵本の中に出てくる妖精さんと同じでした。

「ようせいしゃんでしゅか？　ちいしゃくて、おはねもキラキラで、おようふくも、かわいいでしゅね。はじめまちて」

僕がそう言ったら、妖精さんたち、不思議なお顔してます。

『ん？　オレ、言葉が分かるようになる粉、この子供にかけたっけ？　最初に声かけた時に普通に返事されたし、かけたかどうか忘れたぜ』

『へえ、やっぱり、キミ面白いね。キミがこのお家に来た時、ボクたちお庭にいたんだ。キミから凄く綺麗な光が出てて、太陽みたいに暖かかったから、他の人間と違うと思ってたんだ。だから、話しかけたくて待ってたんだよ』

『他のみんなから、話すのはやめとけって止められたんだけどな。オレたちはお前のこと、変わってるから絶対面白いって言ったんだ。やっぱりそうだった』

普通は妖精さんとお話しできないみたいです。じゃあお話しできて、僕たちラッキーだね。

僕は、知り合ったばかりの妖精さんに、明かりが欲しいと言いました。ワンちゃんがどこを怪我してるか、分からないから。

『明かりならボクの担当だけど……、ちょっと待ってて』

薄い黄色の服を着た妖精さんが、緑の服を着た妖精さんを連れて、お部屋の隅っこに飛んでいきます。何か話し合ってるみたい。さっき『手伝ってやる』って、言ってなかったっけ？　もしかしてダメなのかな？　早くこのワンちゃん？　の悪いところを見つけて、手当てしてあげないといけないのに。


少しして、お話し合いが終わったみたい。どうかな、手伝ってくれるかな？　２人は僕のところまで戻ってくると、僕の両方の肩にそれぞれが止まりました。

『なあ、お前、ユーキだっけ』

「そうでしゅ。あかりくれましゅか？」

『あのさ、キミ、ボクたちの名前を教えるから、契約しない？　そしたら、明かりを点けてあげるよ』

「けいやくでしゅか？　それってマシロといっしょでしゅか、おともだちになってくれるでしゅか？」

『そう、オレたちはお前のことが気に入った、友達になってやるよ』

　2人が説明してくれます。妖精さんは誰かとお友達になると、たくさんの力を使うことができるようになるんだって。契約するのは、妖精さんがホントに契約したいと思った時だけ。契約すると、友達になれて、ずっと一緒にいられるんだって。

『お前たち、本当にいいのか？　契約は簡単には破棄《はき》できん。縛られるということだぞ』

『いいんだ。だってユーキは面白そうだし。それに、お前が契約しているなら、悪い奴じゃないってことだろ』

『お前とはなんだ。我にはマシロという、主からもらった立派な名前が……』

『それはどうでもいいけど、ボクたちは誰かと契約しないと、生まれた場所から動けないんだよね。そんなのつまらないしね』

「いいでしゅか、おともだち？」

　よく分からない話してる。お友達いいのかな？　早くお友達になって、このワンちゃんを助けなくちゃ。早く早く！

『おお、友達な。いいか、名前を教えるから、ちゃんと呼べよ。オレはディル』

『ボクはリュカだよ』

「ディル、リュカ、おともだちになってくだしゃい」

僕は2人にお辞儀《じぎ》しました。そしたらね、2人がちょっとだけ、フワッて光りました。光はすぐ消えちゃって、でもなんか、さっきの2人と違うような気がします。

『よし、契約できたぞ。オレたちを見てみろ、さっきより光が強くなってるだろ』

そう言われて、よく見てみたら、ほんとにさっきよりも、キラキラが強くなってました。ちゃんとお友達になれたっていう証拠なんだって。

『さあ、明るくするからね。その子の怪我を確認して、助けてあげよう』

リュカが両手を前に出して、何かごにょごにょ言うと、リュカを中心にして部屋の中が明るくなりました。凄いね。お昼みたいに、とっても明るいよ。

さあ、このワンちゃん？　の怪我、見てあげないとね。と思って、ワンちゃん？　もういいやワンちゃんで、……の側に行こうと思って、気が付きました。

そうだった。今、僕ベッドから下りてたんだった。僕小さいから、ベッドに上がるの大変……じゃなくて、上がれません。下りるのは簡単だったのに。落ちるだけだったから。

僕はマシロにお願いして、ベッドに上げてもらいます。マシロが僕の襟首を咥えて、ベッドに乗せてくれました。もう移動するのもこれでいいんじゃないかな。僕のお洋服を咥えてもらって、ぷらぷらしながら運んでもらうの。そっちの方が、僕が歩くより早そうだよ。

そして僕は、ワンちゃんに近寄ります。ワンちゃん、全然動かない。寝てるみたいです。そっと、ワンちゃんの怪我の確認です。羽よし！　体よし！　しっぽよし！　前足よし！　頭よし！　顔よし！　……顔？　さっきは暗くて気付かなかったけど、ワンちゃんのおでこのところに、虹色の石がくっついてます。キラキラ光って、とっても綺麗。

最後は足。足は……、あった。足に、何かで切られたみたいな、大きな傷がありました。痛そうな傷です。

「マシロ、きじゅがあったでしゅよ。とってもいたしょう、かわいしょうでしゅ」

『誰かを呼んできてもいいが……、大騒ぎになりそうだな……。まあ、妖精と契約したというだけで、もう騒ぎの原因になりそうだが……』

マシロがブツブツ、よく分からないこと言ってる。もう、今はそんな時間ないのに。早く治してあげなくちゃ。

「ぼく、とうしゃん、よんできましゅ。まっててくだしゃい、ワンちゃん」

『主、先程から「ワンちゃん」と言ってるが、こ奴は……』

マシロが何か言う途中で、ディルが話に入ってきました。

『ユーキ、オレが治してやれるぞ！　オレは癒《いや》しの力を使えるからな。ユーキと契約したし、このくらいの傷、すぐに治せるぞ！』

「ほんとでしゅか！　おねがいでしゅ！」

『なんでお前たちは、さっきから我の言葉を遮《さえぎ》るんだ！』

今はマシロの話、聞いてられないよ。お怪我、治すんだから。

今度はディルが、両手を前に出して、何かごにゃごにゃ言いました。そしたらワンちゃんを、ふわっと、透明な緑色の光が包んだよ。僕はじっと、その様子を見ます。

「ふわわ、しゅごいです！　きじゅが、なおりました！」

ワンちゃんの足の傷が、綺麗に治りました。ディル凄いね。他にお怪我がないか、もう一度確認します。

「ディルもリュカも、しゅごいでしゅね！　ワンちゃん、もうだいじょぶでしゅよ。ありがとうでしゅ」

『おう！』

『よかったね』

みんなで喜んでたら、モゾモゾ。あっ、ワンちゃん起きそう！

モゾモゾ。ワンちゃんが少し体を動かして、そっと目を開けました。それから周りをきょろきょろ、僕たちが近くにいるのが分かって、びっくりして後ろに下がっちゃった。

「だいじょぶでしゅよ。だれもなにもしないでしゅ。おけがしてたでしゅ。ディルがなおしてくれまちた。よかったでしゅね」

ワンちゃんは自分の足を見て、怪我が治ったことを確認。ちゃんと治ってるのが分かって、安心したみたい。静かにお座りして、じっと僕たちを見ました。

「ぼくのなまえは、勇輝でしゅ。マシロにディルにリュカでしゅ。よろしくでしゅ」

『……ユーキ？』

「そうでしゅ。ここはぼくのおへやでしゅ。ワンちゃんはどして、まどいまちたか？」

『……ぼく、赤いトゲトゲの、大きい人間たちに追いかけられた……』

赤いトゲトゲ？　大きい人間は多分、大人のことだよね。じゃあ、赤いトゲトゲは？

『赤いトゲトゲ、お母さんが危ないって。ぼく逃げた。でもその人間たち追いかけてきて、攻撃してきた。それで足怪我しちゃって』

「ふおっ、そのひとたち、わるいひとたちでしゅね、けがさせちゃだめでしゅ、いま、どこいるでしゅか、ぼくがおこってあげましゅ！」

あんなに酷《ひど》い怪我、きっと攻撃された時、とっても怖かったよね。でもなんでワンちゃん攻撃されたのかな？　ビッグエアーバードみたいに、怖い魔獣じゃないのにね。こんなに可愛いのに。

『ユーキ優しい。太陽みたい』

そう言うとワンちゃんは伏せをしました。太陽みたいってなんだろう?

『お前よかったな、ユーキと会えて。ユーキが契約してくれたから、オレたちの魔力が強くなって、お前の怪我を治せたんだぞ』

『ユーキのおかげ?』

『そうだよ。ユーキにお礼を、ありがとうと言うといいよ』

『うん、ユーキ、ありがと』

「はいでしゅ。どいたちまして! ……あの、ワンちゃん、なでなでしてもいいでしゅか?」

だってね、ワンちゃんモコモコしてて、きっと触ったら、凄く気持ちいいと思ったんだ。

ワンちゃんが静かに僕の前まで来て、お座りしてくれました。触っていいってことだよね。いいんだよね。僕はそっと、ワンちゃんの頭をなでなでなで。

ふお、ふおお、モコモコです。マシロはもふもふサラサラで、ワンちゃんはふわふわモコモコです。気持ちよくて、いっぱいなでなでしてたら、

『主、もういいのではないか』

「ワンちゃん!」

マシロが襟首を咥えて、ワンちゃんから僕を離しちゃった。なんでマシロ? 僕、もっと触

りたかったのに。ブー。僕はマシロをちょっと睨んじゃった。なんでマシロ、僕と目、合わせないの……。

『あー、そのー、主、さっきからワンちゃんと言っているが、この者はワンちゃんではないぞ』

なんかマシロ、僕のなでなでから離そうとしてない？　でも、この子、やっぱりワンちゃんじゃなかったんだ。そうだよね。綺麗なふわふわなお羽ついてるし。

「まじゅうでしゅか？」

『こいつは精霊《せいれい》だ』

精霊さんですか。精霊って何？　マシロの小さい時と、同じみたいなのにね。魔獣と何が違うのかな？　分からないや。でも、この世界には、可愛い子が多いね。みんな僕大好きだよ。

「せいれいしゃん、なんておなまえでしゅか？　おけがなおったから、もう、バイバイでしゅか？」

精霊さんは首を傾けて、何か考えてる。僕、もう少し一緒にいたいなあ。

少しして精霊さんが、ディルたちに近づいて、何かお話を始めたよ。僕はマシロをなでなでしながら、お話が終わるのを待ちました。

でもね、お話、なかなか終わらなかったよ。僕はだんだん眠くなってきちゃって、マシロに寄りかかりながら、こっくりこっくりしちゃった。はっ！　と、目が覚めても、まだ話し中。

僕もう寝たいです。でも、ちゃんと待ちます。もしかしたら、もう少し一緒にいられるかもしれないから。マシロが寝ても起こしてくれるって言ったけど、頑張って起きて待ってました。

どのくらい待ったかな？　みんなが僕のところに戻ってきて、ディルとリュカは肩に、精霊さんは僕の前に、ちょこんとお座りしました。

「せいれいしゃん、もうすこしいっしょ、いれましゅか？　あさになったら、おいしいごはん、ありましゅよ」

『ぼく、ちょっと疲れた。1人でいっぱい逃げたから。少しお休みしたい』

そうだよね。疲れたよね。悪い人たちにお怪我させられて、ここまで逃げてきたんだもんね。

僕は、精霊さんに、ここでゆっくり寝ていいよって言いました。ここには意地悪する人はいないからって。お父さんみたいに、優しい人ばっかりだもんね。

『ユーキ？　ぼくユーキとこれからずっと一緒？』

「ふわっ！　もちろんでしゅ。ずっとずっといっしょにいましょう」

『ユーキ、とっても輝いてる。太陽みたいにポカポカ。ぼく、その光大好き』

さっきから、光とか、太陽とか、ポカポカとか、よく分からない。そういえば、赤いトゲトゲって言ってなかった？　なんのことだろう。でも赤いトゲトゲ、悪いものの気がする。でも今はそんなことより、僕ずっと精霊さんと一緒にいられるの？

『ぼく、ユーキのこと幸せにする。ぼくといるとみんな幸せになれるって、お母さん言ってた。だからユーキ、ぼくに優しくしてくれる？　いい子いい子？』

「はいでしゅ。いつもいいこいいこ、してあげましゅ。なでなでたくしゃんでしゅ！」

『ありがとユーキ。じゃあ、ぼくと契約。名前を教える。ぼくの名はシルフィー』

「シルフィー、ともだちなってくだしゃい！」

　名前を呼んだら、シルフィーのおでこにある虹色の石が、少しだけ光ってすぐ元通りに。今日の夜だけで、たくさん友達できちゃった。朝になったら、お父さんたちにお知らせしなきゃ。こんなに可愛いお友達が、たくさんできたんだもん。みんな凄いって言ってくれるかな、一緒に喜んでくれるかな。

　シルフィーとお友達になって、もう僕ダメでした。嬉しくてシルフィーを抱っこしてたんだけど、いつの間にか寝ちゃってたよ。

『あれ、寝ちゃったのか？』

『そうだね』

『ぼくも一緒、寝る……』

『おい、お前たち、ユーキの太陽みたいな暖かい光のことは、誰にも言うな。このことはまだ秘密にしておけ。少なくとも、ユーキがもう少し大きくなるまではな』

『なんでだ？　ユーキは特別なんだろ』

『なんでもだ。いいか、分かったな。お前たちも、ユーキが怖がったり、悲しがったりするのは嫌だろう』

『うん。嫌だね』

『ユーキ、優しい。ユーキ悲しむの、ダメ。ぼくもお休みなさい……』

『あ、ずるいぞ、オレだって一緒に寝るぞ』

『ボクも。マシロは自分のクッションで寝てね』

『なぜだ！』

＊＊＊＊＊

「ああ、私は昨日、ユーキ様に可哀想なことをしてしまいました。泣かせるなどもってのほか。気を引きしめて仕事に努めねば。さあ、まずは、朝のご挨拶から参りますよ！」
——トントントントン
「ユーキ様、朝ですよ。起きてくだ…………！　旦那様あああ！　ユーキ様があああ！」
うーん、誰が叫んでるの？　もう少し寝かせて。昨日、たくさん友達ができて、まだ眠たい…………。

　僕がそのまま寝てたら、また誰かが、起こしにきたよ。

「……キ、ユーキ、起きろユーキ、朝だぞ」

「うゆう、まだ眠いでしゅ……」

「ダメだ起きろ。目を覚まして、コレの説明をしてもらう。なんでこんなことになってるんだ」

　こんなこと？　何かあったっけ？　僕、ただ寝てただけだよ。確かに寝たの遅かったけど、それはお友達ができたからだし、それだけだよ。何も変わったことないよね？　うん、異常なし！

　ペロペロと僕の手を舐めてきたのは、昨日友達になった、精霊さんのシルフィー。よかった。どっか行っちゃってなかった。シルフィーの姿を見て、やっと目が覚めてきたよ。そうだ、ちゃんとご挨拶しないと。

「おはよ、ごじゃいましゅ……」

「ちゃんとご挨拶できていい子ね。おはようユーキちゃん」

「ほら、まずは顔を洗って、ちゃんと目を覚ませ。マシロ、お前はユーキの準備ができるまで、その生き物たちの面倒を見ていろ。いいか、この部屋から出すなよ」

　顔を洗いに、お母さんに連れていってもらって、部屋に戻ってきました。そして今度はお着替え。今日の洋服は、アメリアが選んでくれました。着替えが終わる頃、やっとちゃんと目が覚めたよ。

そして今、僕は自分の部屋の椅子に座ってます。横にはマシロ。肩にはディルとリュカ。お膝にはシルフィー。

もふもふ、モコモコ、キラキラに囲まれてます。そして、そんな僕たちを囲んでいるのは、お父さん、お母さん、お兄ちゃん2人に、アシェルにアメリアです。

みんな困った顔してるけど、どうしたの？　今日は部屋も壊れてないし、全く問題ないですよ？

「ユーキ。まず、その羽が生えてる生き物はなんだ？」

お父さんが最初に話しかけてきました。僕はシルフィーを紹介します。それから、妖精さんのディルとリュカのことも聞かれて、2人の紹介も。ちゃんと紹介できたよ。バッチリ！

「あーちょっと待て。アシェル、私は聞き間違いをしたか？　精霊と妖精と聞こえたんだが」

「間違っておりませんよ。確かにユーキ様はそう仰《おっしゃ》いました。しかも友達だと」

「そうか聞き間違いじゃないか、そうか、そうか……。ユーキ、夜に何があったのか話せ。全部だ。マシロ、お前はちゃんとユーキの話を補足しろ。ユーキだけじゃ、『友達』で終わってしまう可能性がある」

僕、ちゃんとお話しできるよ。今だって、ちゃんと紹介できてたでしょう。なんでマシロ？ってそう思ったら、マシロまで『分かった』って。ブー、なんで。

僕は、シルフィーがお怪我をして、夜に僕のお部屋に来たこと。魔力石が使えなくて困ってたら、ディルとリュカが手伝ってくれたこと。お怪我が治ったシルフィーにどうしてお怪我したのかを聞いて、それからもこもこなでなでで、させてもらったこと。たくさん友達ができて嬉しいことを、説明したよ。

ほらね、ちゃんと説明できたでしょう。できたよね？

「マシロ、間違いないか？」

『まあ、大体はそんな感じだ』

「そうか。分かったような、分からんような。で、なんで妖精はユーキと契約したんだ。力を貸してくれたのは分かったが、妖精は本来、人間となかなか契約しないだろう」

『それはな、ユーキといると、多分面白いからだ！』って、ディルが胸を張って答えました。

リュカも、うんうん頷いてます。

ディルが答えたこと、僕がお父さんに言ったら、お父さんの動きが一瞬止まりました。アシエルが首を横に振って、お母さんとアメリアはとってもニコニコしてます。そんな2人にアンソニーお兄ちゃんは「ニコニコしないように」と言ってて、ジョシュアお兄ちゃんは……。お兄ちゃん、僕たちが話してる間、ずっと運動？　してない？

「マシロ？　妖精は今、妖精の言葉が分かる粉をユーキにかけたのか？　それとも、夜にかけた粉の力がまだ残っているのか？　私には、妖精が軽くキラキラ光ったようにしか見えなかったんだが……」

ふいっとマシロが横を向いたよ。そういえば、ディルたちも粉のこと言ってた。

「粉がなくても、お話しできるよ」

って僕が言ったら、お父さんは黙ったまま、ガックリって感じで、下を向いちゃった。大丈夫、お父さん？　何か疲れてるみたいだけど、椅子に座る？

アンソニーお兄ちゃんが、困った顔しながら僕に近づいて、軽く頭を撫でてきました。

「ユーキ、それは大丈夫なことじゃないんだよ。兄さん、マシロがいるだけでも結構驚いたけど、それぐらいで驚いてちゃいけなかったね。……ていうか、ユーキがウチに来て、まだ2日目だよね。それなのにコレ？　凄くない？」

「旦那様、ここは一度休憩室へ移動した方がいいのでは。どうも話が長くなりそうです。ユーキ様にきちんと説明しませんと。どこまでご理解いただけるかは分かりませんが」

「……ああ、ああそうだな。ユーキ、休憩室へ行こう」

「はーいでしゅ！」

お父さん疲れてるみたいだから、早く休ませてあげないとね。みんなで休憩室へ移動です。先頭がお父さん、次にお母さん、次が僕です。僕の後ろにマシロ、シルフィー、ディルとリュカ。

「ねえ、面白いね、ジョシュア、みんな真面目にきちんと一列に並んでて、誰も列からはみ出していない。面白くて可愛い」

「本当だね。あの真面目な顔もなんとも」

全員休憩室に移動完了！　いつもと一緒で、僕の隣には、お父さんと違ってニコニコ顔のお母さんが座ります。ソファーにドカッと座るのはお父さん。大きくため息を吐いてる。お疲れなんだね。

「とうしゃん、だいじょぶでしゅか？　おはなしながくて、ちゅかれまちたか？　ゆっくりしゅるでしゅよ」

「ぷっ。ハハハハハ」

アンソニーお兄ちゃんがなぜか笑い出しました。続いてお母さんと、ジョシュアお兄ちゃんも。なんで？　僕、お父さんを心配したのに。なんでみんな笑うのさ。アンソニーお兄ちゃんが説明してくれたけど、よく分かんない。

「父さんは、話が長くて疲れたわけじゃないから、心配しなくて大丈夫だよ」って。それよりも僕の、新しい友達のお話、しようねって。

よく分からないまま、また、お話が始まります。

「で、ユーキ、お前は妖精から粉をかけられなくても、言葉が分かるんだな。本当だな？」

「はいでしゅ！」

「そうか……。まあ、それはどうにかなるか……。人の中には、たまに粉をかけてもらって妖精と話している奴はいるからな」

なんかお父さんが、ブツブツ言ってるけど。そっか。粉って、みんなが妖精さんとお話するのに、大切な粉なんだね。僕、粉がなくてもおしゃべりできるから、楽ちんだね。

「問題なのは、契約をしたことか。アシェル、人が妖精と契約したケースは何年ぶりだ？」

「そうですね。１００年ぶりといったところですか。英雄ガルトスの契約が最後ですね」

英雄ガルトス。何かカッコイイ名前が出てきた！　あとで聞いてみよう。

お父さんが教えてくれたのは、粉がなくても妖精さんの言葉が分かる人は、今この世界には誰もいないってこと。ディルたちにも聞いたけど、もしそういう人間がいたら、楽しいことや変わってることが大好きな妖精さんには、テレパシーですぐに伝わるって。

『ユーキは変わってるし、きっと面白いはず！　オレには分かる！』

変わってるって……、僕普通だよ。この世界に来て、お父さんたちと家族になって、マシロたちとお友達になっただけだし。ね、別に変じゃないでしょ。ディルたちは、

『え？　夜、すぐにみんなに連絡したよ。もしかしたら会いにくる奴がいるかもね』

だって。早いね。もう他の妖精さんに伝えたって。２人の言葉をお父さんに伝えると、お父さん、またガックリしてました。

「……よし、妖精のことはとりあえず分かった。それはどうにかなるだろう。で、次にだ。その生き物は精霊なんだな？　精霊が人の前に現れたのはいつぶりだ、アシェル？」

「そうですね。やっぱり１００年くらいですか。それも、見た、見ない、で揉めたのが最後だったはずです」

「……そうか。で、マシロ。お前は、この精霊がなんの精霊か分かっているんだろう。私も大体予想はついているが」

『ああ、まあな』

マシロが色々お話ししてくれました。マシロは、実は１０００歳を超えてて、お父さんたちがさっき言ってた英雄ガルトスのこと、知ってるんだって。それと１００年前に見た、見ないで揉めた精霊は、人間の見間違いでした。

マシロが今までに会ったことのある精霊さんは３人で、１人目は８００年前の火の精霊さん、

2人目は500年前の水の精霊さん、3人目は200年前の風の精霊さんだって。ガルトスと契約したという妖精さんには、会ってないって。

マシロ、そんなに生きてるんだ。そのマシロがまだ3度しか会ってないなんて、精霊さん、いつもどこで遊んでるのかな？

『会った精霊が言っていた。ユーキが契約した種類の精霊には、精霊仲間でさえなかなか会えんらしい。姿もそれぞれ違い、今回はこういう姿だと。そしてその力は未知数、どれほどの力を秘めているか分からない、というのが、我が出会った精霊の説明だった』

「で、その種類というのは？」

『カーバンクル、お前たちが「伝説」と呼んでいる存在だ』

お父さんは、またガックリ。伝説かあ。またなんか、カッコイイ言葉が出てきたよ。僕がわくわくしてたら、まだマシロのシルフィーの説明は、終わってなかったみたい。

『こ奴は子供で、まだなんの力も持っていない。そうだな、今使える力といえば、契約を結んだユーキの危険を察知《さっち》したり、空を飛んだりすることくらいか。そこらへんの魔獣と大して変わらん。それどころか、どの魔獣よりも弱いだろうな』

「は？　強くない？　え？　だって伝説のカーバンクルなんだろう」

お父さんは、またまたびっくりしたお顔をしてます。

『だから、子供だと言っているだろう。全然魔力を感じんからな。まあ、子供だからそんなに心配することもあるまい。ただ、珍しいというだけだ』

シルフィー、弱いんだって。だから怪我しちゃったんだね。弱い者いじめ、いけないのに。よし、これからは僕が守ってあげるからね。……多分大丈夫。マシロもいるしね。

「そうか子供か、それはよかった……、て、なるか！　お前の感覚で『まだ子供』と言われても、安心できるわけがないだろう」

お父さんは頭をガシガシしてから、お母さんとアシェルと、何か話してます。そのお顔がとっても怒ってるみたいで少し怖かったよ。

僕が勝手にお友達作ったから、怒ってるんだ。でも、僕、頑張ってシルフィー守るよ。マシロだって、ディルとリュカだって。大切な友達だもん。

「ユーキ、少し自分の部屋で待っていなさい！　絶対に部屋から出ないように。アンソニー、ジョシュア、お前たちが相手をしろ。とりあえず、私たちはこれからの対応を考える！」

『我も残っていいか。いい考えがあるのだ』

「分かった」

僕はお父さんに近づいて、ズボンを引っ張ります。お父さんの顔は怖いままです。

「とうしゃん、ごめんしゃい。おともだちちゅくりまちた。とうしゃんに、いわなかったから、おこってましゅか？　ぼくが、ディルもリュカもシルフィーも、まもりましゅ。だからバイバイいやでしゅ。ごめんしゃい」

僕が謝ると、お父さんは少し慌てて、笑いながら僕の頭を撫でてくれました。

「ああ、お父さんは怒っているんじゃないんだ。ユーキにたくさん友達ができたから、ちょっとビックリしてな。これからお父さんは、ユーキたちがずっと友達でいられるように考えるから、少し待っていて欲しいんだ」

怒ってるんじゃないって分かって、少し安心。僕のお部屋へ戻りました。

お部屋で待ってる時、アンソニーお兄ちゃんが言ってくれました。

「お父さんは能天気で単純だから、今頃は落ち着いて、珍しい生き物に会えたって逆に喜んでると思うよ」

僕のお友達のこと、お父さんもお母さんも、みんなが、お友達になれてよかったねって、言ってくれたらいいいな。

＊＊＊＊

ユーキが部屋に戻っていった。それを確認した私は、おもむろに立ち上がり、ガッツポーズをして叫んだ。

「凄いぞ、我が息子！」

旦那様、落ち着いてください、と、常に冷静なアシェルが私に注意してきた。

「お前、妖精に精霊だぞ。それがユーキと契約したんだ。親としてこんな喜ばしいことはないだろう。まあ、初めはさすがに驚いたが、考えてもみろ、今までこんな人間がいたか？　妖精も精霊も、心が純粋で綺麗な者のところに集まってくると本に書いてあったはずだ。ユーキはそれに当てはまるいい子だってことだ！」

『妖精たちは、「ユーキは面白そう」と言っていたぞ』

「それは気にするな！」

いやそこは気にしろよ、と、マシロがボソッと言ったが、気にしない。

「あなた、喜んでいるのはいいのだけれど、これからが大変よ。ユーキちゃんのこと、色々なものから守らなくちゃ」

「分かっているさ」

私はソファーに座り直し、今後のことを真面目に話し始めた。

まず妖精については、存在自体はなんとか誤魔化せるだろう。妖精は色々なことに興味を持つという。それで数カ月に一度は、人前に現れる。そして気まぐれに粉をかけては、話しかけてきて遊んで帰る、といった感じだ。戯《たわむ》れ程度は珍しくない。

問題は契約した場合だ。契約をした人間は、妖精に妖精魔法を強制的に使わせることができる。それも、契約した人間の魔力の大きさ次第で、とてつもない威力の妖精魔法になる。

そう、この前ユーキは、まだ小さいのに魔力石を使うことができていた。それさえ秘匿《ひとく》すべきなのに、さらに妖精と契約したなんてことが力を欲しがる国や権力者に気付かれれば、ユーキは大勢の人間に狙われてしまう。もし捕まれば奴隷《どれい》の首輪を付けられ、散々こき使われて死んでしまうのが落ちだ。

『我に考えがあるのだが、いいか？』

マシロがある提案をしてきた。それは「私とマシロが契約を結んだ」という噂を、街中に流す、というものだった。要は、契約したフリをするということだ。私は思わず、は？　と、聞き返してしまった。

『おぬし、この国では結構な力を持っているのであろう。戦う実力も相当なはずだ。おぬしが我と契約したとしても、文句を言われないのではないか。そしてお前の子供が、契約している魔獣と一緒にいたとしても誰も不思議に思わんはずだ。そうすれば我も、元の大きさで出歩くことができるし、妖精の問題もおおむね解決できるはずだ』

「マシロ、よく思いついたな。私にはその知恵はなかった！」

私がそう言うと、アシェルが呆《あき》れた顔をして首を振っている。そして、そんなに力強く感心するな、と言ってきた。いいじゃないか別に。本当に感心したんだから。

しかしそうなると、ユーキは大丈夫なのか？　フリとはいえ、自分以外の者と契約したと聞いて、悲しまないだろうか？

『主にとっては、契約と友達になることが同じだからな。本来の契約の意味を分かっていない。むしろ、我とおぬしが友達になったと喜ぶだろう』

友達か。そう思っているのなら、それでいいが。まあもし寂しがるようなら、説明して納得してもらうしかないだろう。

「分かった。だが、お前が元の大きさになることと妖精の問題とは、なんの関係があるんだ？」

『単純だ。妖精を見せたくない時は、我の毛の中に隠せばよい』

……ああ、そうだな。うん、正しい。あんなに小さい妖精だ。マシロの毛に隠れるのは簡単だし、見つからんだろう。

だがこんな簡単なことで解決していいのか。私も意見を言うべきではないのか？　マシロだけに解決策を考えさせて、親としてどうなんだ？　しかもトップクラスのフェンリルとはいえ魔獣だぞ。人間の私が、何も意見しないのはさすがになあ。

そんな私の気持ちがオリビアに伝わったのか、こんなことを言ってきた。

「どうせまだ、考えのひとつも思い浮かばないんでしょう。ここはマシロの方法で行きましょう。あなた、考え出すと長いんだもの。待ってられないわ。アシェル、マシロが言った通りに話を進めてちょうだい」

「畏《かしこ》まりました」

おや、何か私、ここにいる必要があった？　一応は何か考えさせてくれてもいいんじゃないか？　まあ、確かに考え始めると長くなるが、それは、色々考えていてだな、そう、考えがありすぎて、まとまらないいんだ。決して考えていないわけではないいんだ。うん。しょうがない、今回はマシロの考えを採用してやろう。そう自分に言い聞かせて、次に精霊について話をしようとしたら、オリビアが言った。

「あなた、精霊については私にいい考えがあります。私に任せてくれないかしら」

「いや、しかしだな」

「アメリア、ちょっと来て」

オリビアはアメリアを呼ぶと、何か話し始めた。アメリアの顔がみるみるうちに笑顔になっていく。こういう時の2人は、何かよくないことを話していることが多い。悪いってことじゃなく、やりすぎっていう意味でだ。

「なあおい、どんないい考えなんだ？」

話し終わったオリビアに声をかける。オリビアの顔もニコニコだ。

「あら、内緒よ。でも可愛いユーキちゃんにぴったりの方法よ。私に任せてちょうだい」

オリビアの言葉と共に、精霊対策の話は終了した。……私、本当に必要だったのか？

今の話し合いの中で私が話したことと言えば、精霊との契約に喜んで、ユーキを褒めたぐらいか？　マシロもオリビアも他の奴らも、ちょっと出来すぎじゃないか。私の立場がないいんだけど。

少し気持ちが沈んでしまった私に、オリビアが話しかけてきた。

「あなた、ユーキちゃんは本当はどんな子なのかしら。あなたと出会ったのは森の中だったでしょう。何があったのかは想像するしかないけれど、一体どんな生活をしていたのかしら。あの子はしっかりしすぎているわ。あんなに小さいのにちゃんと色々考えられて、私たちの言うことも理解して聞いてくれているわ」

「知らない人に送ってもらった、と言っていたが、その人物に送ってもらう前は、きっと厳しく躾《しつ》けられたんだろう。小さいのに、あんなにしっかり大人の言うことを聞いて、ワガママは言わない。なんのために厳しくされたのかは分からんが。ユーキの魔力に関係があるのかもな。だが……」

今は違う。ユーキは今、我々の家にいる。

ユーキには、私たちの家で伸び伸びと成長していって欲しい。色々なものを見て経験して、たくさんのことを学んでいけばいい。ワガママだって、たくさん言っていいんだ。それで私たちを困らせればいい。ダメな時はしっかり叱り、いいことをすればたくさん褒める。普通の家族の経験をさせてやりたい。大人になってこの家から巣立っていく時、ここで生活した全てが幸せなものだったという気持ちが、あの子の心に残ってくれたら、親としてそれ以上に幸せなことはないだろう。

さあ、そのためにも、まずは今の問題を解決しないと。

大丈夫だ、ユーキには、マシロも、私たち家族も付いている。必ず幸せにしてみせる。

「アメリア、とっても可愛くて凄い私の息子を、息子たちを連れてきてくれ」

「はい旦那様」

まあ、毎日朝からこれじゃあ、困るが……（笑）。

＊＊＊＊＊

どれくらい経ったかなぁ。まだお話し合い終わらないかなぁ。

ディルとリュカは、ただ今僕のお部屋を探検中。いろんなところを飛び回ってる。シルフィーもやっぱりお部屋を飛び回ってたけど、飽きちゃったみたい。今は僕のお膝で眠ってるよ。

アンソニーお兄ちゃんは、僕に絵本を読んでくれてます。

題名は、『ルカ王子の大冒険』。どんなお話かっていうと、僕と同じ年くらいの小さいルカ王子が、お城の周りのお庭を冒険する話。とっても面白いよ。体の小さいルカ王子は、大人の人が入れない場所にも入れるから、そんなルカ王子にしか見つけられないものがいっぱい。

僕も冒険してみたい。僕もお庭の冒険できるよね。だってまだ、お家の周り全部見てないもんね。小さいから、どんなところにも入っていけるし、新しい発見があるはず。今度お父さんに冒険していいか聞いてみよう。

そんなことを考えてる僕の横で、ジョシュアお兄ちゃんは運動です。……運動してるとこしか見てない。そんなお兄ちゃんを、アンソニーお兄ちゃんが嫌そうに見てました。

――トントン
ドアをノックする音が聞こえました。アンソニーお兄ちゃんがお返事すると、物凄いニコニコ顔でアメリアが入ってきました。

「お待たせ致しました、ユーキ様、さあ休憩室へ参りましょう」

「その顔だと、僕の推測は当たってたみたいだね。じゃあ行こうか、ユーキ。さあ、みんなついてきて」

さっきみたいに移動です。僕、シルフィー、ディルとリュカです。

「ふふ、どうしても列になっちゃうんだね。見てる方は可愛いからいいか」

休憩室に到着。お兄ちゃんがドアをノックすると、お父さんの声がして、みんなで中に入ります。

お部屋の中には、アメリアと同じように、ニコニコ顔のお父さん、お母さんがいました。アシェルはいつも通りの、よく分からないお顔してる。アシェルはどうして、あんまり笑わないのかな？

お父さんが寄ってきて、僕をギュッと抱きしめてくれます。

「ユーキ、よくやった！　こんなに珍しい友達を作るなんて素晴らしいことだ！　私も覚悟を決めた。お前と友達のことは必ず守る。だから、どんどん友達を作っていいんだぞ！」

「おともだちたくしゃん、いいでしゅか？　ありがとでしゅう!!」

僕も、お父さんをギューっと抱きしめたよ。よかった。お父さん、笑ってくれてる。みんなも。アシェルさんも……。ん？　今笑ってた？　気のせいかな。今はいつものお顔だけど、ニコってしてたような……。思わずじっと見てたら、お父さんは僕を抱っこしたまま、ソファーに座りました。それでね、僕にお願いがあるんだって。

「ユーキは友達と外で遊ぶだろう。ただ、外で遊ぶのはちょっと待ってくれるか？」

「うゆ？」

お父さんが最初にお話ししてくれたのは、シルフィーもディルとリュカも、とっても珍しいってこと。特にシルフィーは、他の人たちに精霊だとバレちゃいけないんだって。もしバレたら意地悪してくる人がいて、またお怪我しちゃうかもって。なんで意地悪するの？　意地悪ダメなんだよ。

「でね、ユーキちゃん、お母さんね、シルフィーちゃんが誰にも意地悪されないように、ユーキちゃんとゆっくりお外で遊べるように、いい考えがあるの。その用意ができるまで、少しだけお外で遊ぶのを待ってもらえるかしら。大丈夫。すぐ遊べるようになるわ」

シルフィーが意地悪されるのやだ、お怪我するのもダメ、可哀想だよ。そのための準備なんだよね。ならちゃんと待たなくちゃね。

「わかりまちた！　おそとであしょぶの、まちゅでしゅ！」

「ユーキちゃん、いい子ね。そうと決まればアメリア、行動開始よ。さあ、ユーキちゃんを待たせないように、手際《てぎわ》よく行動するのよ！」

「もちろんです、奥様！　これも可愛いユーキ様のため、全力で行動しますわ！」

「まずは採寸《さいすん》よ！　さあやるわよ！」

お母さんのかけ声で、お部屋の中は一気に騒がしくなりました。まずアメリアがヒモみたいなもので、身長とかお腹とか、僕の体のサイズを、次にシルフィーの大きさを測ったよ。

「さあ次は、あの部屋へ移動して作業開始よ。ああ、あの人もちゃんと呼んでね」

「もちろんです、奥様！　すぐに手配致します！」

……バタバタと、お母さんたち、お部屋から出ていっちゃった。なんだったんだろう？


部屋の中が静かになって、今度はディルとリュカのお話です。

普通の人は、妖精さんに特別な粉をかけてもらわないと、言葉が分からないんだって。僕みたいに話せる人はいないから、知らない人がいるところでは、あんまりお話ししないようにって言われました。やっぱり、悪い人たちが意地悪してくるかもしれないから。もし話さなくちゃいけない時は、粉をかけてもらったことにしなさい、って。

『主、移動する時は我の毛の中に2人を隠せばいい。2人とも、毛の中に隠れてみろ』

2人がマシロの毛の中に入ると、全然見えなくなったよ。2人とも、飛んで移動できないって最初文句言ってたけど、もふもふのマシロベッドが気に入ったのか、なかなか出てこなくなっちゃった。そういえば、マシロ、大きいまま街に行ってもいいのかな？

「とうしゃん、マシロおおきいまま、まちいってもいいでしゅか？」

「ああいいぞ。マシロはユーキの友達だろう。私の友達にもなったんだ。だから、そのままの大きさで大丈夫だ。でもな、小さくしないといけない場所もあるから、その時はちゃんと小さくするんだぞ。首輪も忘れずにな」

「はいでしゅ」

あれ、そういえばいつの間に、お父さん、マシロとお友達になったんだろう。ま、いっか。みんなお友達、嬉しいね。

「とうしゃんも、ともだちなったでしゅか。よかったでしゅね！」

マシロが大きいまま街に行けるなら、マシロに乗る練習、頑張らなきゃ。街で魔獣に乗ってる人もいたよね。僕ももふもふマシロに乗って動きたい。今のままじゃ絶対落っこちるし。よし、今日から練習だ！

「とりあえず、今、急いでユーキに伝えることはこれくらいか？」

「そうですね。今のユーキ様には、ここまででしょうね。あとは、どこかへ出かける時に必ず誰かがついていけばいいでしょう。目をつけられないようにしなければ」

「そうだな。ふう、何か飲みたいな、頼めるか」

アシェルさんが出ていってから、もふもふを堪能《たんのう》した2人が戻ってきました。2人が毛の中で動き回ったせいで、マシロの毛がボサボサに。あ〜あ、せっかくのもふもふが……。僕のもふもふベッド……。ブラシが欲しいなあ。

「父さん、お疲れ様。朝から大変だったね。今日はもう驚くことがないといいね」

「やめてくれ、本当にそうなったらどうする」

アシェルが飲み物を運んできてくれて、朝ご飯食べてなかったから、お父さんたちにはパンとスープ、僕にはスープと果物を、出してくれました。ディルたちは僕たちのご飯が気になったみたい。飛び回って、みんなの邪魔してた。

「ディルだめでしゅよ。みんなのごはんでしゅ。リュカもでしゅよ」

「なあ、ユーキ？」

「なんでしゅか、ジョシュアにいしゃん？」

ジョシュアお兄ちゃんが、ディルたちの方を見て、話しかけてきました。

「妖精の2人のこと、どうやって見分けてるんだ？　今だって、ちゃんと見分けて話してただろ。俺には同じ光に見えるんだけど」

「うゆ？　ひかりでしゅか？　ひかりはディルもリュカも、いっしょでしゅよ？」

「じゃあ、どうやって？」

「ディルもリュカも、おかお、ちがいましゅよ。おようふくもちがいましゅ。ジョシュアにいしゃん、ちゃんとみてくだしゃい」

ゴホゴホゴホ、急にお父さんが、凄い勢いで咳《せき》をしました。

大丈夫？　やっぱりお父さん、疲れてるんじゃ、ゆっくり休んだ方がいいよ。マシロもふもふベッド貸してあげようか？　あれ？　またみんな変な顔してる。今度はどうしたの？

「ユーキ、あのさ、聞きたいんだけど、２人の妖精ってどんな格好してるの？」

「ふえ？　どんな？　えっとディルは、みどりのおようふくきてて、リュカはきいろいおようふくきてましゅ。ちゃんとみてくだしゃい。ぜんぜんちがいましゅよ」

僕が答えると、お父さんはまたガックリして下を向いちゃって、お兄ちゃん２人はなんか凄く笑ってて、アシェルはやっぱりさっきみたいに、顔を横に振ってた。

どしたの？

「アンソニー、お前が変なこと聞くからだぞ」

「父さん、ごめんごめん」

アシェルが教えてくれました。普通の人は、妖精さんの姿、分からないんだって。ただの光にしか見えないんだって。そうなんだ。僕ってラッキーだね。嬉しいなあ。

4章　楽しい楽しい街歩き

この前のお話し合い？　から、2日が過ぎました。僕はちゃんとお約束守ってるよ。遊ぶのはお家の中だけです。お家で働いてる人たちは、お父さんがちゃんと説明したから、大丈夫なんだって。みんな信用できる人たちだって言ってた。

あとお兄ちゃんが、「シルフィーを可愛がる会」（?）を、アメリアやメイドさんたちが作ったって、教えてくれました。

「ユーキを可愛がる会もできてるけど、そっちは黙っとこう。知らなくていいこともあるよね。アメリアたちのあのパワーはどこから来ているんだろう?」

お兄ちゃんがまだ何かボソボソ言ってたけど、よく聞こえなかったよ。それに可愛がる会って、何するのかな。なでなでとかかな?　僕はいつも、なでなでしてるけど。きっとみんなも、そうしたいんだね。

今僕は、自分のお部屋で、マシロに乗って歩く練習中です。初めて乗った時は転がり落ちちゃった。やっぱり難しいね。

今日の朝、副団長さんが来て、街の案内をしてくれるのは明後日《あさって》だって言ってくれました。

でもまだマシロに乗れないから、街へ行く時は、歩きと抱っこです。ゆっくりお店を見るのに、お馬さんは邪魔になるからだって。

「さあ、もう一度乗ってごらん」

僕はなんとかマシロによじ登ります。

「足に力を入れて、マシロの体を挟むように踏ん張るんだよ。分かる？」

……挟む……踏ん張る……。こうかな？

「ふんっ！」

「ぷっ、あははは、違うよ。それじゃあ顔だけ力んじゃってるよ。あははは、あー可愛い！」

「面白いな、お前！　ハハハハハッ！」

「ブー」

僕、一生懸命やってるのに、お兄ちゃんたち笑いすぎじゃない。

「悪い悪い、怒るなよ。ほらこうするんだ」

ジョシュアお兄ちゃんが僕の足を、マシロの体にキュッと押しつけました。

「ほら、こうやって挟むんだ。そのままだぞ。おいマシロ、ゆっくり立ち上がってみろ。ゆっくりだぞ」

マシロがゆっくり立ち上がります。

「ふぁっ、ふわわわわ、のれたでしゅ！」

転がり落ちないで乗れたよ。すごいすごい！　と思ったんだけど、ずっと足に力を入れてられなくて……。

「お、おおお？」

転がり落ちそうになった僕を、ジョシュアお兄ちゃんが受け止めてくれました。

「おちちゃったでしゅ……」

アンソニーお兄ちゃんが頭を撫でてくれます。

「大丈夫。みんないっぱい練習して、馬とかに乗れるようになるんだよ。ユーキも練習すれば、そのうち1人で乗れるようになるからね。ゆっくり練習しようね」

「はいでしゅ！　がんばりましゅ！」

早く乗れるようになりたいな。乗れるようになったら、他の人みたいに、自由にお出かけできるかな？　そんなこと考えてたら、お兄ちゃんに注意されました。

「何考えてるか、よく分かるよ。ユーキはすぐ顔に出るから。乗れるようになっても、1人ではお出かけできないからね。ユーキはまだ小さいんだから。誰か大人の人か、僕たちと一緒だよ。分かった？」

「……はーいでしゅ」

「本当に分かってる？　お兄ちゃん、心配だよ」

大丈夫だよ。ただ僕、みんなと遊ぶだけだもん。


その後も、マシロに乗る練習をしてると、遠くから僕を呼ぶアメリアの声がしました。そしてノックと一緒にアメリアがお部屋に入ってきました。

街へ行くために必要な準備ができたんだって。だからマシロたちも、全員で、お母さんのお部屋へ来てくださいって。

お母さん、準備できたんだね。これでみんな、お外に行けるようになるんだ。嬉しいなあ。ウキウキしながら、みんなでお母さんのお部屋へ移動です。

「あ〜あ。あれ、無意識だね。スキップのつもりかな？　変な歩き方になってるよ。嬉しいんだね」

「いつもの一列歩き。なんで並ぶんだろうな？　面白いよな」

お母さんのお部屋の前に到着して、ドアをトントン。返事がありません。もう一度、トントン。それでもお母さん、何も言ってくれません。どうしたの？　そしたらアメリアが、音が聞こえてないんじゃないかって。だから僕、大きな声で、

「トントン。かあしゃん、きたでしゅよ」

そう言ったら、今度はちゃんとお母さんのお返事がありました。アメリアがドアを開けてくれます。お部屋の中には、ニコニコお顔のお母さん。

お部屋に入ると、お母さんとお父さん、アシェルともう1人、知らない女の人がいました。

僕がお母さんの隣に行くと、お母さんが女の人を紹介してくれます。

「彼女は、お母さんの友達のクロエよ。挨拶できる？」

「はいでしゅ。ぼくのなまえは、勇輝でしゅ。よろしくでしゅ」

「ユーキちゃんよろしくね。クロエよ。それにしてもオリビア、本当に可愛い子ね。これならバッチリよ」

「でしょう。さあ、始めましょう。まずはシルフィーちゃん」

あれ？　知らない人にシルフィー見せてもいいのかな？　そんなことを思っていたけど、お母さんが気付いて、クロエさんはお母さんの、とても信頼できる人だから、教えても大丈夫よって、そう言いました。

「マシロに聞いたのだけれど、シルフィーちゃん、あなた擬態《ぎたい》できるのよね」

擬態、擬態って何？

「ぎたい、なんでしゅか？」

マシロが説明してくれます。シルフィーは敵から逃げたり、人から隠れたりするのに、周りと同じ色になって見つかりにくくするんだって。そういう力があるんだって。

それでね、シルフィーのピンクの毛は、とっても珍しくて目立つから、変えられるなら、違う色に変えた方がいいって。お母さんが言ってきたのは、マシロと同じ白色でした。

「シルフィー、しろいろ、なれましゅか？」

『ぼく、マシロと同じ色がいい？　その方がユーキと遊べる？』

僕がお母さんを見ると、お母さんが頷きました。

「うん。あそべましゅ」

そうしたらシルフィーの体が少し光って、その光が消えて、そこにはマシロと同じ真っ白なシルフィーがいました。

「おおー、しゅごいですね。マシロといっしょでしゅ」

「うん、これでいいわ。あとは羽ね。羽は隠すの無理だものね」

『ぼく、羽隠せる。見てて』

シルフィーがまた少し光って、今度はお羽が体の中に消えちゃいました。

「ふお、おはねなくなりまちた！」

『羽、たまに邪魔。穴とか入る時に。そう思ったら、勝手に羽、体に消えたよ。出し入れ自由』

シルフィーって凄いね。なんでもできちゃう。

お母さんが、「これで問題は全て解決ね」って言って、シルフィーはお母さんのところに、僕はアメリアのところに呼ばれました。

お部屋の奥に連れていかれると、アメリアが箱の中から、洋服？　を出しました。そして着せてくれたアメリアが、小さいお声で「天使」って呟いて、凄くニコニコのお顔です。僕はビクってなっちゃった。やっぱりアメリア、時々おかしい？

洋服を着た僕は、お母さんたちのところに戻りました。僕の格好を見たお母さんも、凄いニコニコのお顔です。

「やっぱり思った通り。完璧だわ。シルフィーちゃんにはちょっと窮屈《きゅうくつ》かもしれないけど、額《ひたい》の石も隠せるし、色も白に変わってもらったから、何か言われても『ホワイトウルフの子供』ってことで誤魔化せる。何より、とっても可愛いわ！」

僕とシルフィーは、今、お揃《そろ》いのお洋服を着てます。すっぽり上から下まで一枚のお洋服です。帽子も付いてて、ウサギさんの耳になってます。しっぽもちゃんと付いてるよ。

シルフィーのお洋服の帽子には、リボンも付いてて、そのリボンをちゃんと結べばおでこの石がちゃんと隠れるんだ。

「おしょろい！　シルフィーかわいいでしゅ！」

シルフィーをなでなでしてたら、お母さんが突然座り込みました。アメリアも、クロエさんも。

「ど、どうしたでしゅか？」

僕は、またまたびっくり。様子を見にきたお父さんが抱っこしてくれて、放っとけ、って言われたよ。本当に大丈夫なの？

「まあ、なんにしろ、これで外に行けるが、ユーキいいか。絶対にシルフィーの洋服は脱《ぬ》がすなよ。約束な」

「はいでしゅ！　シルフィー、おそとでいっしょに、あしょべましゅよ。うれしいでしゅね」

『ぼく、ユーキと一緒。遊べる。嬉しい』

ワイワイ、もふもふ、なでなでしている僕たちを見ながら、お父さんたちが何か話してました。

「それにしても、よく思いついたな。羽のこと、最初はどうするつもりだったんだ？」

「背中から出して、羽を洋服の飾りのようにしようと思ったのよ。でも心配なかったわ」

「しかし、こんなに可愛くなって、ユーキは逆に目立たないか？」

「それも考えているわ。あの洋服は絶対に流行《はや》ると思うのよね。それでクロエに頼んで、もう何着か作っているのよ。それをクロエのお店で売ってもらうの。街で流行って、小さい子やペットの魔獣たちのみんなが着たら、そんなに目立たなくなるわ。もちろん一番可愛いのはユーキちゃんだけどね」

「商売のことまで考えて作ったのか。……お前、凄いな」

こうして、外に遊びにいくことができるようになった僕は、副団長さんと一緒に街へ出かけることになりました。

マシロも、ディルとリュカも、もちろんシルフィーも、みんなで一緒に遊びに行けて、とってても嬉しいです！

◆◇◆◇◆

「さあ、ユーキ君、行きましょう」

「はいでしゅ！」

いよいよお出かけの日です。僕は楽しみで、副団長さんが迎えに来てくれる前から、準備万端で玄関の前に立ち、副団長さんを待ってました。お父さんも。

「……団長も行くんですか？」

「もちろん、息子の初めての街歩きだからな、ここは私も……」

「旦那様、あなたは仕事が残っていたはずですが。さあ、戻りますよ。もし逃げるようなら、二度と部屋から出られないようにしますが。ユーキ様と街へ出かけることは、一生ないと思ってください」

「はい……。戻ります」

「大丈夫よ、あなた。私がついていくもの。さあ、ユーキちゃん、オリバー、行くわよ」

悲しそうにお家に戻るお父さんを残し、今日は歩いて、街の中心、お店のたくさんある場所に行きます。街の中だから、お馬さんは必要ないんだって。もちろん僕が歩くのに合わせたら遅くなるから、副団長さんが、僕を抱っこしてくれます。シルフィーはマシロの上に上手く乗って……、あれ、寝てる……？　僕、乗るだけで大変なのに……。ディルたちも、もちろんマシロの毛の中です。

街の中心へ近づくと人が増えてきて、みんながマシロを見て、驚いた顔をしてます。

マシロ、カッコイイでしょう！　えっへん！　僕のお友達なんだよ‼

「あの話、本当だったのか」

「さすがウイリアム様だ」

とか、声が聞こえてきました。

「ちゃんと話が伝わってるみたいね」

「そうですね。これなら大丈夫でしょう」

そしていよいよ、街の中心に着きました。

「ふお！　ふおおおお！」

この前は、すぐ通りすぎちゃってよく見られなかったけど、本当にお店ばかりです。お店とお店の間に隙間《すきま》がないよ。なんか、この前より人が多い気がするし。

「さあ、ユーキ君、ゆっくり歩きますからね。見たいものがあったら言ってください」

「はいでしゅ！」

お店を順番に見ていきます。最初に気になったのは、武器を売っているお店。結構多いんだよ。その中でも、人が一番いるお店に行ってみます。お店の人はおじさんで、凄く体の大きい人。ずっと怒鳴《どな》ってる。

「いいか、今のお前に合うのはこの剣だ。それ以外はまだダメだ。いいな、これにしとけ。無理して怪我するんじゃねえぞ。ちゃんと回復の魔力石を持ってけよ。……、おい、お前！　この前、怪我したばかりだろう！　今日は帰ってさっさと休め！」

とか怒鳴ってるけど、買う人のこと心配してるみたい。ほんとは優しい人？　そんなことを思ってたら、男の人がお母さんを見て、声をかけてきました。

「ようオリビア。今日はどうした。また、新しい剣でも買いに来たか？　ん？　そっちのはフェンリルか。じゃあ、あの噂は本当か？　マジで契約したのか」

お店の人は、お母さん知ってるみたい。そういえば今、おじさん、お母さんに「剣でも買いに来たか？」って言ってた。お母さん、剣買いに来るの？　お父さんの？

「違うわ。今日はユーキちゃんと遊びに来てるだけよ。私の新しい家族よ」

「ああ？　いつの間に産んだんだ？」

「まあ、いいじゃない。ほら、ユーキちゃん、ご挨拶よ」

「はいでしゅ！　ぼくは勇輝でしゅ。よろしくでしゅ」

僕はピシッとまっすぐ立って、ご挨拶です。

「ほう、その年で随分しっかりしてんな。俺の名前はルガー。冒険者だ」

冒険者さん。何する人だろう。僕が考えていたら、副団長さんが教えてくれました。

冒険者さんは、冒険をする人です。街の人たちや偉い人から依頼を受けて、暴れている魔獣を倒して、安全にみんなが暮らせるようにしてくれます。わざと強い魔獣を倒して有名になりたい人、宝探しをしたい人、いろんなことをする人たちなんだって。

「ふおお、しゅごいでしゅね。ルガーしゃんは、いっぱいぼうけんしましたか？」

「ああ、もちろんだ。悪い魔獣をたくさん倒したりしたんだぞ。そうそう、宝を探しに、誰も行ったことのない洞窟《どうくつ》にも入ったな。ほら、この腕のキズは、洞窟の中で魔獣と戦った時のだぞ。もちろん勝ったがな。ガハハハハ！」

「ルガーしゃん、ちゅよいでしゅ！　しゅごいでしゅ！」

一番最初のお店で、僕のテンションはもう上がりっぱなしです。僕がルガーさんを強い強いって言って、ぱちぱち拍手してたら、

「おいお前、俺のことを強いって言ってるが、お前の母ちゃんこそよっぽ……」

よっぽ？　何？　突然ルガーさんがお腹を押さえて、その場にしゃがんじゃった。大丈夫？

「ルガーしゃん、だいじょぶでしゅか？　おなかいたいでしゅか？」

「ユーキちゃん、大丈夫よ。ルガーはたまにお腹が痛くなるのよ。でも心配いらないの。ね、ルガー？」

「お、おお、大丈夫だ。しん、ぱい、するな……」

ほんとに大丈夫なの？　お母さんの方を見て、気付きました。さっきまでお店にたくさんお客さんがいたのに、今はほとんどいません。みんなどこ行っちゃったの？

「さあ、時間がもったいないわ。冒険者のことはまた今度お話ししてあげるから、次のお店へ行きましょうね」

「はーいでしゅ。ルガーしゃん、バイバイでしゅ」

ルガーさんは手だけ振ってくれました。お腹、お大事にね。

次に僕が気になったのは、色鉛筆みたいにたくさんの色がある粉でした。それがお店の中いっぱいに置いてあって、お店の人の顔にも、粉が付いちゃってました。

何に使うのか聞いたら、お料理とかに使うんだって。辛くしたり、甘くしたり、あとは色をつけたりするんだって。

「そうだ。ユーキちゃん、今度お母さんがおやつを作ってあげるわ。ついでだから少し買っていきましょう。甘いお菓子を作ってあげるわね」

「わあい。たのしみでしゅ！」

どんなおやつ作ってくれるのかな？　楽しみだなあ。

お母さんは、白と黄色と青と、色々な粉を少しずつ袋に入れてもらって、マシロが背負ってるカバンに入れました。このカバンも、クロエさんがマシロ専用で作ってくれました。僕が乗ってない時は、マシロに荷物運びしてもらうって、お母さんが言ってたよ。

買い物が終わって次のお店へ向かいます。今度はどんなお店かな。僕が前にいた世界とは全然違うものばかり売ってて、キョロキョロしちゃうよ。

僕がゆっくりお店を見ていると、お野菜を売ってるお店のおばさんが、お母さんに声をかけてきました。

「あら、久しぶりじゃない、オリビア。最近、お店に遊びに来ないから、どうしたんだろうって言ってたんだよ」

「アニータ、久しぶり。ちょっと忙しくてね」

「まあ元気ならいいさね。で、そっちは噂のフェンリルかい。それと、そっちの坊ちゃんは初めましてだね。私の名前はアニータ。ここで野菜とか果物とかを売ってるよ。よろしくね」

僕が元気よく、大きな声で自己紹介したら、アニータさん褒めてくれて、お店に置いてあった木の枝をくれました。木の枝には、木の実がついてます。

木の実は、オレンジ色の……、リンゴでした。匂いがリンゴだから、多分リンゴ。でも大きさはぶどうの実くらい。それがたくさん木についてます。

副団長さんが、「これはチルの実だ」って教えてくれました。とっても甘くて、美味しいんだって。お家に帰ってから、食べることにします。

「アニータ、リク君いる？　確かあなたのとこのリク君と、ユーキちゃん、そうね……、3歳くらいしか違わないと思ったんだけど」

「ああ、ちょっと待ってね。ちょっとリク！　こっちに来なさい！」

おばさんが大声で誰か呼びました。すると、ちょっとお店から離れたところで遊んでた男の子が、こっちに走ってきました。

「母ちゃん、なあに?」

「この子はユーキ君。リク、あんた、友達になってあげな。まだ小さいからね、あんたがお兄ちゃんなんだから、ちゃんと面倒見るんだよ」

男の子は僕の前に来て、自己紹介してくれます。

「うん。オレ、リク。5歳だ。お前の名前は?」

「勇輝でしゅ。よろしくでしゅ」

男の子のお名前はリク君。赤い髪の毛がクルクルした男の子です。腰におもちゃの木の剣、付けてました。剣いいいな。カッコイイ!

「けん、カッコイイでしゅね!」

「そうだろう、父ちゃんに買ってもらったんだ」

「リク君、今度私たちのお家に遊びに来て。ユーキちゃんと遊んであげてくれる?」

「うんいいぞ。オレ遊びに行く。ユーキ、遊ぶ時にこの剣、貸してやるよ」

「ふわ、ほんとでしゅか、ありがとでしゅ!」

お友達もできて、剣も貸してもらえるって。嬉しいなあ。

僕がキャッキャッて喜んでたら、お母さんが小さい声で、「考えたら、人間の子供の友達って初めてじゃないかしら」って。そういえばそっか。でもお友達になれるんだったら、誰でもいいよね。僕、気にしなあい！

「ユーキ、またな！」

「バイバーイ！」

手を振ってお別れです。いつ遊びに来てくれるかな？　剣貸してもらえるなら、僕はどうしようかな。何して遊ぼうかな。そんなことを考えながら次のお店へ進みます。

街の中心へ来て、分かったこと。それは、お母さんの知り合いが多いこと。ちょっと歩いただけで、道ですれ違う人や、お店の人に、声をかけられてたよ。しかも元気いっぱいの人が多いんだ。あと、お店で武器を売ってる知り合いが多かったよ。お父さん団長さんだもんね。きっと武器とかたくさん必要なんだね。

今いる武器屋の人も、お母さんの知り合いです。

「へえ〜。オリビアの子供か。名前はユーキね。なあユーキ、君、オリビアの魔獣討ば……」

「…………」

あとね、何かお母さんの知り合いの人、みんなじゃないけど、お腹が急に痛くなったり、頭が痛くなったりする人が多かったよ。突然痛くなるんだ。お母さん、お仕事してて痛くなっただけだから大丈夫よ、って言ってたけど、みんなゆっくり休んだ方がいいんじゃないかな。痛くなる人多すぎるよ。

「……オリビア様、相変わらず健在ですか。２年程実戦からは遠のいているのに。動きが全く見えませんよ」

「あらそう。それはよかったわ。最近動いてなかったから、体鈍っちゃって。動けててよかったわ」

なんの話かな？　お母さん、今何かしてた？　僕と並んで立ってただけだよ。

お腹を押さえたお店の人とサヨナラして、次に向かったのは、ご飯を売ってるお店。ちょうどお昼になったみたいで、お店の周りはたくさん人が集まってました。

「何食べようかしらね。私たちはなんでもいいけど、ユーキちゃんに食べられるものがあるかしら」

「確か、あの店には肉を煮込んだスープがあるはずです。それなら柔らかいし、食べられるのでは。あとはパンなどを買ってきます。ここで待っててください」

ご飯を食べる人たちのテーブルが用意してあって、僕とお母さんはそこで副団長さんを待ちます。

お母さんが、街は楽しい？　って聞いてきました。

「とってもたのしいでしゅ！　みたことないの、いっぱいでしゅ」

僕がそう言ったら、マシロの毛の間から、ディルとリュカがコソッとお顔を出しました。

『オレたちも楽しいぞ！』

『うんボクも。それにマシロと行動するの、思ってたより楽でいいね。毛を結んでそこに座れば、掴まってなくていいし』

『おい、あとでちゃんとほぐすのだぞ』

そんなお話をしてきました。お母さんに話したら、笑ってます。シルフィーは相変わらずマシロの背中でずっと寝てます。一度起きたけど、すぐまた寝ちゃった。

少しして、副団長さんがご飯を持って戻ってきました。僕の前に、スープとパンを置いてくれます。パンは焼きたてでふかふか。あれ？　そういえば。僕は気になって、副団長さんに聞いてみました。

「ふくだんちょうしゃん、あの？」

「ユーキ君、私のことは、オリバーと呼んでください。私だけずっと副団長さんじゃ、寂しいですよ」

「さみしいでしゅか？」

「はい」

そうか、僕、お父さんのことも団長さんからお父さんて変えたし、他のみんなは、名前で読んでるもんね。副団長さんだけ、仲間はずれだったね。

「わかったでしゅ！　オリバーしゃん！」

「はいなんですか？」

僕は初めて会った時、食べさせてもらったパンが、なんで固かったのか聞きました。あれ、ほんとに固かった。石のパンです。でも、今日の前にあるパンはふわふわ。

そしたら、あれは旅とか調査とか、長い間街に戻らない時に、よく食べるご飯なんだって。固いお肉もそう。腐《くさ》らないようにしてあるから、固くなっちゃうって。

そうなんだね。僕、旅とか行けないや、ご飯食べられない。

固くない、美味しいご飯を食べ終わったら、続きの街歩きです。次はどんな初めて、見つけられるかなあ。

「さあ、行きましょう」

「はいでしゅ！」

「ユーキちゃん、疲れたらちゃんと言うのよ。全部のお店を見られなくても、これからいつでも遊びに来られるんだからね」

「はーいでしゅ」

次に行ったお店は、何かごちゃごちゃと、いろんなものを売っています。お庭掃除に使う道具とか、お部屋に飾るものとか、ほんとになんでも売ってる。そうだ、ここにブラシないかな。マシロの毛、綺麗にしてあげたい。ボサボサはダメ。マシロベッドだもん。

僕がじっと見ているのに気付いたお母さんが、話しかけてきました。

「何か探してるの？」

「マシロ、けがボサボサでしゅ。きれいにしてあげるでしゅ」

「綺麗に？　ああ、ブラッシング用のブラシね。マシロは綺麗な毛をしてるから、ブラシの先が柔らかい方がいいわね。それだと……」

お母さんも一緒に探してくれます。そして1本のブラシを見つけました。毛の先がとても柔らかくて、マシロの毛にピッタリです。

「あの、かあしゃん」

「ん？　どうしたの、これじゃダメ？」

「ぶらし、かってもいいでしゅか？」

「あら、もちろんよ。今日だってもう帰ったら必要みたいだしね。ディルとリュカちゃん、マシロの毛、結んじゃってるんでしょう」

よかった。買ってもらえた。考えたら、僕お金なんかもってない。今まで忘れてたよ。どれくらい大きくなったら自分でお金使えるようになるのかな？　いつか自分で買い物ができるようになったら、お父さんたちやマシロたちに、何かプレゼント買えるといいな。

「じゃあ、ブラシもカバンにしまったし、次のお店に行きましょう」

僕とお母さんの買い物で、マシロのカバンは結構パンパンになってました。お母さんは、「マシロが荷物を持ってくれると、楽でいいわ。これからもお願いね」

って言ってた。けど、マシロは凄く嫌そうにしてたよ。

お店がある通りのちょうど半分くらいまで来たら、ちょっと大きい3階くらいのお店が2つ並んで建ってました。右のお店には剣と盾の絵が描いてある看板が。左のお店は動物の顔とトンカチの絵が描いてある看板がかかってました。

「オリバーしゃん、こっちのおみしぇは、ぶきやしゃんでしゅか？　あっちは……、わかりましぇん」

「ああ、ここはお店ではないですよ。武器の看板の方は冒険者ギルド、こっちの動物とトンカチの看板の方は、商業ギルドです」

ギルド？　ギルドってなんだろう？　分からない僕に、オリバーさんが説明してくれます。

冒険者ギルドは、最初のお店にいたルガーさんみたいな冒険者が、たくさん集まるところなんだって。ここで魔獣を倒す依頼を受けたり、倒した魔獣や薬になる草や花を売ったりするそうです。

商業ギルドは、自分で作った新しい料理とか、道具とかを持ってきて登録したり、色々作るのに必要な材料を売ったりするところ、らしいです。

分かったような、分かんないような。今の僕は、冒険者ギルドのことで頭がいっぱいです。

「ふぉ、ふおおお、ルガーしゃんみたいに、ぼうけんできるとこでしゅか！　カッコイイでしゅね！　ぼくもぼうけんしたいでしゅ！」

「確かに冒険を始められるところですが、それはちょっと……」

「ぼうけん、ぼうけん！」

「これは話を全く聞いてないわね。でもやっぱり男の子ね。冒険に憧《あこが》れるなんて」

興奮している僕の横を通って、4人の男の人と女の人がギルドに入っていきます。その1人が大きな魔獣を肩に乗っけてたよ。

「ほら、今のあの魔獣は、あの人たちが倒したのよ。それをここに売りに来たの」

「おお〜、おおおっ〜！　かあしゃん、オリバーしゃん、なかにはいるでしゅよ！　みにいきましゅ！」

なぜか2人は困り顔です。ギルドに入ってくれません。その時突然、お父さんの声が聞こえました。

「どうしたどうした、そんなに鼻息荒くして。何か面白いものでもあったか?」

「とうしゃん!」

「あらあなた。仕事は終わったの?」

お父さんが、オリバーさんから僕を受け取って、抱っこしてくれました。

「休憩だ。戻ったらまたやるさ。ちゃんと許可は取ったぞ」

「よくアシェルが許したわね」

「まあな。ま、夜、頑張るさ。それよりユーキどうした、そんなに興奮して」

僕はお父さんに、ギルドの中を見てみたいこと、自分も冒険してみたいことを、説明したよ。興奮したまま説明したから、ちゃんと言えたか分かんないけど……。

そんな僕の話を、お父さんは黙ったまま最後まで聞いてくれました。

「そうか。ユーキは冒険がしたいんだな」

「はいでしゅ! それにギルドのなか、たのししょうでしゅ!」

「ユーキ、ユーキはまだ小さいから、ギルドには入れないんだよ」

「ふえ?」

冒険者ギルドに入れるのは、大人と一緒なら8歳からで、1人で入るのは15歳からなんだって。それよりも小さい子供は、入っちゃいけないんだって。冒険者の人には、ルガーさんみたいに優しい人もいるけれど、怖い人も、意地悪してくる人もいて、危ないらしいです。

「それにな、ユーキ。冒険者になるには、ちゃんと勉強や訓練をしないとダメだ。冒険は楽しいことばかりじゃない。魔獣に襲われて怪我をしたり、迷子になって帰ってこられなくなったり、大変なことが多いんだ」

そうか、森にいた時は、マシロもお父さんたちもいて、守ってくれてたよね。僕1人だったらビッグエアーバードに殺されてたし、ご飯だって食べられなかった。冒険者になるには、まだまだダメだね。勉強と訓練か。お父さん教えてくれるかな？

「ぼくまだ、くんれんだめでしゅ？」

「そうだな。まだダメだな。大丈夫、大きくなったら私が色々教えてやる。だから小さい今は、たくさん友達と遊んで、毎日笑ってろ。いいな！」

「はいでしゅ！　おともだちと、あそぶでしゅ！」

うん、冒険も楽しみだけど、今はお友達と遊んでる方がいいや。リク君ともお友達になれたしね。

お父さんに肩車してもらって、次のお店へ行きます。そうだ、今度、お庭を冒険していいか聞かなくちゃ。お庭だったらいいよね。

僕たちはどんどんお店を見ていきます。そして、ちょっと大きなお店の前に来ました。お洋服屋さんみたいです。

「ここはね、クロエのお店よ」

「クロエしゃんでしゅか」

「そうよ。ちょっと寄っていきましょう」

中へ入ると、僕たちに気付いたクロエさんが、すぐに近寄ってきました。

「いらっしゃい、ユーキちゃん。やっぱりバッチリ似合ってるわね」

クロエさんが僕のお洋服と、シルフィーのお洋服をチェックしてます。

「あなたたちが今日通りを歩いてくれているおかげで、もう何人ものお客さんがウチに来ているのよ。こんな変わった服を売るのウチぐらいだから、すぐに分かったみたい。それでね、オリビア、相談なんだけど……」

お母さんたちが、何かお話し合いを始めちゃいました。お父さんは、またか、って言ってる。話し出すと長くなるから、お外でおやつにしようって。お母さんたちにお外にいるって言ってお店の外へ。おやつは焼きたてクッキーと、果物のジュース。とっても美味しかったよ。

全部食べ終わっても、お母さんたちのお話し合いはまだ終わってませんでした。

ちょっと離れたところで、リク君と同じくらいの男の子たちが、ボール遊びをしています。

「どうした、何見てるんだ」

お父さんが気付いて、僕が見ている方を見ました。

「ああ、ボール遊びをしてるのか。あれはバウンドマウスの革でできたボールか？　あのボールはよく弾むんだ。分かるか？　ちょっと力を入れて蹴《け》ると、凄く遠くまで飛ぶ。だから小さくて力がない子供でも楽に遊べるんだぞ」

「そういえば団長、今日、ユーキ君に友達ができたんですよ。ね、ユーキ君」

「はいでしゅ！　おなまえは、リクくんでしゅ。こんどあそぶでしゅよ」

「そうなのか、よかったなユーキ」

……やっと人間の友達か、という呟きも微《かす》かに聞こえました。

「おうちに、あそびきてくれましゅ」

お父さんは何か考えたあと、「ちょっと待ってろ」と言って、どこかに行っちゃいました。

少しして戻ってきたお父さんの手には、あのボールが。

「友達が遊びに来るんだろ。ウチにはもうボールがなかったからな。これで遊べばいい」

「ふお！　ふおおお！　ありがとでしゅ！」

お父さんがボールを買ってきてくれました。嬉しい！　僕、今まで誰ともボール遊びしたことなかったから凄く嬉しい！　リク君といっぱい遊ぼう！

僕は嬉しくて、ギュッとボールを抱っこしました。

「ははっ、まだボールの方が、ユーキの顔より大きいな」

そんなことをしてるうちに、やっとお母さんが僕たちのところに来ました。待ってるの少し疲れちゃったよ。お母さんたち、お話長いです。

「かあしゃん、おはなしおわりでしゅか？　あそこでおかちうってるでしゅ。いくでしゅよ」

僕、待ってる間に、お菓子を売ってるお店を見つけたんだ。可愛い魔獣の形をしたアメを売ってるんだ。

「クスクス、バイバイ。また遊びに来てね」

「はーいでしゅ！　しゃ、いきましゅよ！」

「ああ、待ってユーキちゃん」

お父さんに抱っこしてもらって、お店に急ぎます。お父さんとお母さんが別々のアメを買ってくれました。

いろんなお店やギルドを見てたら、いつの間にか夕方になってました。

「おみせ、ぜんぶ、みれなかったでしゅ……」

がっかりしている僕に、オリバーさんが、また一緒に遊びに来ようって、約束してくれました。そっか、僕これからここに住むんだもんね。いつでも遊びに来れるね。

お父さんに抱っこされて、今日のことを思い出してるうちに、僕はコックリコックリ。

「ん？　眠たいのか。今日はだいぶはしゃいでたからな。疲れただろ」

「うゆう……」

「これはもうほとんど寝てるわね」

誰かが僕の頭をなでなでしてくれてます。誰かなあ。何かとっても気持ちいい。もっとなでなでして欲しいなあ。

「完璧に寝たな。こりゃあ、夕飯は無理か？」

「起きたら食べさせてあげればいいわ。今はゆっくり寝かせましょう」

「アンソニーとジョシュアを思い出すな。アイツらも遊んで帰ってくると、いつもこんな感じだった」

「そうね」

「では、私はこれで」

「ああ、今日は悪かったな」

「いいえ、私も楽しかったですよ。それでは」

僕はリク君やマシロたちと、お庭で遊んでる夢を見てたよ。お父さんに買ってもらったボールで遊んだり、リク君におもちゃの剣を貸してもらったり、とっても楽しい夢。

……だったと思うんだ。朝起きたら忘れちゃったんだ。だから多分、楽しい夢だったよ。

＊＊＊＊

「くそっ、せっかく傷つけて、追い詰めたと思ったのに！」

男がテーブルに拳《こぶし》を叩きつける。テーブルには3人の男と2人の女が座っていた。

「あれは絶対に伝説の精霊だったわ。あんたがさっさととどめを刺さないからよ！」

「お前だって、探知能力で見つけられるんじゃなかったのかよ」

「知らないわよ！　突然気配が消えちゃったんだもの」

5人の男女は、派手にケンカしていた。真夜中の酒場に人はおらず、男女は好き勝手に騒いでいる。見るからに風体《ふうてい》の悪い男女に、店主も料理を運ぶと、そそくさと厨房《ちゅうぼう》に引っ込んでいく。

「アレさえ手に入ればな。金にならない、いつ命がなくなっちまうか分からない冒険者なんてさっさとおさらばできたのによ」

「全くツイてないわ。あのあとブラックウルフにまで襲われるし。見てよ、服がボロボロ」

「てめえの服なんか、どうでもいいんだよ！　それよりも奴のことだ、まだ近くの森に隠れてるんじゃないのか。また明日から探しに行くか」

男女が、次の計画を立て始める。その時、酒場のドアを開け、フードで顔を隠した全身黒ずくめの、男か女か分からない人物が入ってきた。人物はまっすぐに、男女のいるテーブルに向かった。

「なんだてめえ、俺たちになんの用だ。今忙しいんだ、さっさと向こうへ行きな！」

男が威嚇するが、黒ずくめは少しも怯《ひる》む様子がない。それどころか、なんでもないように男女に話しかけた。

「お前たちにいい仕事がある。私の話を聞くつもりはあるか？」

黒ずくめは男だった。

「はあ？　なんだあ、お前こそ俺の言ったことが……」

「うるさいぞ、私が質問しているんだ。お前たちは私の話を聞く気はあるか？」

一瞬だった。黒ずくめに反抗した男の全身に、突然現れた闇が巻きつくと、そのまま男は煙のように消えてしまった。

「闇魔力石の使い手……！」

「どうだ、今の男のようになりたくなければ、黙って私の話を聞くことだ。それにこの話は、お前たちにとってそう悪い話ではない。お前たちが逃してしまったアレにも関係のある話だ。私の言うことを聞けば、アレがもう一度拝《おが》めるかもしれないぞ」

「……分かった、話を聞く」

男への恐怖と、もう一度アレを手に入れるチャンスに搦《から》めとられた男女は、男の話を聞くことにしたのだった。

5章　動き出した闇

お家に来て、5回目の週が過ぎたよ。

お兄ちゃんが教えてくれたのは、この世界の日にちのこと。1日目から6日目まであって、それを繰り返すんだって。それでそれを25回繰り返すと、季節が変わるんだって。

季節は4つあって、花がたくさん咲く季節、とっても暑い季節、たくさんお野菜が採れる季節、雪が降って寒い季節の4つ。前の世界と同じだね。

そして今は、お野菜がたくさん採れる季節です。


この日は、リク君がお母さんと一緒に、お家に遊びに来てくれました。

「リクくん、こんにちはでしゅ！　これ、ボールかってもらったでしゅ！　いっしょあしょびましょ」

「おう。遊びに来たぞ、ゆーき！」

「いらっしゃい、アニータ。来てくれてありがとう」

今日、リク君のお家のお店はお休みです。だから朝から、リク君と、いっぱい遊べます。初めて、お友達と遊べます。

　リク君の腰を見ると、剣がちゃんと付いていました。

「リクくん、しょのけん、かしてくれるでしゅか？」

「あ、これな、やっぱりオレ、父ちゃんに買ってもらった大事な剣だから、貸してやれないんだ」

「ダメでしゅか……」

　楽しみにしていた僕は、ちょっとしょんぼりです。そしたらリク君のお母さんが、なんでアンタは、紛らわしい言い方するのって、リク君の頭を叩きました。バシッて、凄い音してました。僕思わず、ビクってしちゃった。でもリク君、なんともないみたい。頭掻《か》いてます。

「ユーキちゃん、しょんぼりしちゃったじゃない。ごめんねユーキちゃん。ほらリク、ちゃんと渡しなさい」

「はい！」

　リク君が自分のカバンから、ごそごそ何か出しました。木の剣のおもちゃです。それを僕に渡してきました。

「父ちゃんが、ユーキにプレゼントだって。これユーキの剣だぞ」

「ふわわわわ、ぼくのけんでしゅか？　ありがとでしゅ！」

僕の剣です。プレゼントもらいました！

「あら悪いわね。お父さんにお礼を言っておいて。おやつにケーキ焼いたのよ。全部食べ切れないだろうから、お礼の代わりに持って帰ってね」

もらった剣で、早速遊ぶことにしました。

リク君はとっても上手に、剣を木に当てます。お父さんが冒険者で、剣の使い方を教えてくれるんだって。そういえば僕のお父さんも、もう少し大きくなったら教えてくれるって言ってた。

「まだ教えてもらえないのか？　じゃあオレが少し教えてやるよ」

「ほんとでしゅか！　ありがとでしゅう！」

「あんまり変なこと教えないでよ、怪我したら大変だから」

「大丈夫。小さい子が教えることなんて、大したことじゃないわよ」

リク君が教えてくれたのは、剣の持ち方と、振り方でした。リク君を真似して一生懸命練習します。でもね、すぐ疲れちゃった。初めてだし、小さい僕に剣はまだダメみたい。お母さんに剣を腰に付けてもらって、格好だけは、お父さんみたいにしてもらいました。どう似合う？

ちょっと休んで、今度はボール遊びです。これもリク君はとっても上手。僕はたまに蹴るの失敗しちゃうけど、リク君は外さなくて、まっすぐボールが転がります。

むう……。僕頑張って練習したのに。なんかヤダ！

お砂遊びならと思って、今度はお砂場でお山を作ったけど、僕の砂のお山は、リク君のお山の、半分くらいの大きさ……。

僕はしょんぼりです。全然ダメダメです。

「リク、アンタねえ～、全く手加減しないいんだから」

お母さんが僕を抱っこしてくれました。

「気にしないでね、リク君、アニータも。ほらユーキちゃん、元気出して。ユーキちゃんはまだ小さいんだから、これから大きくなったら、リク君みたいに色々できるようになるからね」

「むう……、はいでしゅ……」

「じゃあ、楽しい気分になるように、おやつにしましょうか？」

「おやちゅ!!」

今日のおやつは、お母さんが作ってくれたケーキ！　嬉しいなあー。僕はおやつだけで楽しい気持ちになっちゃいます。だってお母さんの作ってくれるおやつ、美味しいんだもん。

今日のケーキはショートケーキみたいなやつ。苺《いちご》じゃなくてチルの実が載っかってるよ。

そうそう、チルの実はやっぱりリンゴでした。この前食べた時、とっても美味しくて僕が喜んでたら、お外に遊びに行った時、お母さんは必ずチルの実をお土産《みやげ》に買ってくれます。

ケーキをこぼさないように、少しずつ食べます。食べてたらね、リク君が自分のケーキの上に載ってるチルの実を、僕のケーキの上に載っけてくれました。

「オレ兄ちゃんだからな、それやるよ」

「ふわわ、ありがとでしゅ！」

そんな僕たちを見て、お母さんが笑ってました。

「ほらねアニータ、子供なんてこんなものよ。すぐ仲直り」

「本当ね。でもこのケーキ、本当に美味しいわね。どうやって作ったの？」

「それはね……」

ケーキを食べ終わったけど、お母さんたちのおしゃべりはなかなか止まりません。リク君が何かモゾモゾしてます。なんだろう？　それからいつもの元気な声じゃなくて、ちょっと小さな声で話しかけてきました。

「なあユーキ、お願いがあるんだけどいいか？」

「なんでしゅか？」

リク君のお願いは、マシロに乗っけて欲しいってことでした。僕はいいけど、マシロはどうかな？　僕の隣で伏せしてたマシロに声をかけます。

「マシロ、リクくんのってもいいでしゅか？」

『……主と一緒ならばな』

「リクくん、ぼくといっしょでいいでしゅか？　しょしたら、のれましゅよ」

「本当か、やったー！」

2人でマシロに乗ります。僕は一生懸命よじ登らないといけないのに、リク君はひょいってマシロに乗りました。うう……。もう少し大きかったらリク君みたいに乗れるのに。きっと乗れるはずだよ。

「リク君、ユーキちゃんはまだ少ししか乗れないから、支えてあげてね」

「任せて！」

僕ね、少しの間なら、マシロで移動できるようになったんだよ。お家の端っこから端っこまで！　凄いでしょ。あんまり長く乗ると転がっちゃうけど……。毎日練習してるんだ！

「すごいな、ふわふわで気持ちいい！」

「マシロは、とってももふもふで、マシロベッドなんでしゅよ」

「マシロベッド？」

マシロと遊んでるうちに、もう夕方です。リク君が帰る時間になっちゃいました。もっと遊びたいな……。

「ユーキちゃん、また今度、お店がお休みの時に遊びに来るからね」

「ユーキ、楽しかったな。また遊ぼうな！」

「うん！　あそぶでしゅ！」

また遊ぶお約束して、バイバイです。今度はいつ遊べるのかな？　早く遊べたらいいなあ。その時は、何して遊ぼうかな？　剣もボールもお砂遊びも、練習しておかなくちゃ。門まで一緒に行って、お見送りです。

「じゃな！」

「バイバーイでしゅ！」

リク君たちが見えなくなって、僕たちもお家に入ります。

初めてお友達と遊んで、楽しいことばっかりでした。でも、ちょっとだけ、ダメダメなこともあったけど。でも、ほんとに楽しかったよ。お父さんたちに何して遊んだか、教えてあげなくちゃ！


「しょれでね、しょれでね！」

「待って待って、ちょっと落ち着いて」

夕ご飯を食べて、休憩室に移動したお父さんとお兄ちゃんに、リク君と何して遊んだか報告です。とっても楽しかったから、報告することがたくさんあって大変です。

「なあ、あんなに興奮して、今日寝られるのか？」

「大丈夫じゃない？　体は疲れてるはずだから、そのうち眠くなるわよ」

「とうしゃん、ちゃんときいてましゅか！」

「ああ、聞いてる聞いてる」

お母さんと話してるお父さん、僕、ちゃんと聞いててくれてるか見てるからね！

お父さんを注意する僕を見て、アシェルがちょっと笑ってます。

あのね、アシェル、最初は何考えてるか分かんない人だったけど、少し前からだんだんと、僕の前で笑ってくれるようになったんだよ。それにね、僕の知らないこと、たくさん教えてくれるんだ。先生みたい。

でも、僕には優しいけど、お父さんはいつもアシェルに叱られてる。お父さんに似ないようにって、僕に言うんだ。どうして？　お父さん優しいのにね。

「それでユーキ、剣もらったんだって。よかったね」

「はい、これでしゅよ」

僕は腰に付いてる木の剣を持って、リク君がやったみたいに振ってみました。

「小さな冒険者の誕生だな。……何か剣が重そうに見えるけど」

「いいじゃん、ジョシュア、本人が喜んでるんだから」

僕はまた嬉しくなって、剣を振り回しました。

そしたら、振り下ろすのと同時に剣が手を離れちゃって、お父さんの飲んでるティーカップに向かって、勢いよく飛んでっちゃった。

「カシャンッ！」

「…………」

「…………」

みんなが、お父さんとティーカップを見てる。

「お、おお……、でしゅ……」

「おお……、じゃないだろう、ユーキ、剣を部屋の中で振り回すんじゃない！」

お父さんがソファーから立ち上がりました。怒られる、そう思った僕はさっと、逃げ出しました。お部屋の中を走って逃げます。

「きゃああー、ごめんしゃい！」

「こらユーキ、待ちなさい！」

休憩室の中ですぐに捕まっちゃった僕。お父さんが僕の頭を、手をグーにしてグリグリしてきました。

「ごめんでしゅ〜」

「お前は、まったく！」

でもね、お父さん笑ってた。それを見て僕も怒られてたけど、なんか笑っちゃった。

「それにしても、綺麗に飛んだね。タイミングがよかったかな？」

「ユーキ、剣の才能あるんじゃないか？」

剣をお兄ちゃんから受け取って、腰に付けてマシロに乗ります。

お父さんの新しい飲み物を、アメリアが持ってきてくれました。お父さん、ほんとごめんね。

今度から剣で遊ぶ時はお外だね。あとは自分のお部屋。自分のお部屋なら大丈夫なはず！

「そういえばユーキ、マシロに乗るの上手くなったね。たまに転がってるけど」

「毎日俺と、練習頑張ってるもんな」

「はいでしゅ！」

「偉いな、ユーキは。これからも頑張りなね」

僕は褒められてニコニコです。

それからお兄ちゃんたちが、今日学校で何をしたとか話しました。アシェルがお父さんの仕事の愚痴を、お母さんに言ったり。そんな話を聞いてるうちに……。

「あなた、ほらね」

「ん？　ああ、本当だな。どれ、連れてってやるか」

僕はうつらうつら、マシロの上で頭が前に行ったり、後ろに行ったり……。眠い……。

お父さんが僕を抱っこしてくれます。

「旦那様、少々お待ちを。マシュー様から手紙が届きました」

「どれ」

うーん、誰からの手紙？　僕眠いよ……。

「……、アシェル、すまないが、今から伝言を頼まれてくれ。オリバーたちに、明日の朝一番に集まって欲しいと」

「畏まりました」

ドアの閉まる音が聞こえました。

「うにゅ……」

「悪い悪い。さあ、ベッドへ行こう。その前に歯磨きだ」

この日、僕はぐっすりと眠りました。ベッドじゃなくて、マシロベッドで……。

今度リク君、いつ遊びに来てくれるかな。

＊＊＊＊＊

「明日だぞ、あの方が朝から動くらしい」

「そうか、この前は最悪だと思ってたが、これでまたツキが回ってきたぜ」

建物の中には、この前酒場にいた男女がいた。その腕には黒いヘビの刺青《いれずみ》が入っている。

「まさか俺たちが、あの方の仲間になれるなんて思わなかったな」

「ええそうね。私たちの実力が評価されたのね。冒険者ギルドなんて、私たちの実力を認めないどころか、ランクを下げるって言ってきたのよ。これで見返せるわ」

『クエー!!』

「うるせえな、もう飼い主は死んだんだよ！」

建物の奥から、魔獣の鳴き声が聞こえてくる。1匹ではなく、複数の魔獣の鳴き声が響いていた。

「おい、あの死体、外に出しとけよ。明日からまた忙しくなるからな」

「分かってるよ」

男は床に転がっていた死体の足を掴むと、外へ向かってダラダラ歩き出した。外へ出ると周りには暗い森が広がっている。身の回りしか見えない暗い森の中をある場所へ向かい、再び歩き出す。着くと大きな穴が開いていていて、男は死体を投げ入れた。穴の中には、何体もの死体が重なり合っている。

「黙って言うことを聞いてれば、死なずに済んだもんを。来る奴来る奴、自分の契約魔獣を守ろうとしやがって。仲間になるって言えば、魔獣とも別れずに済むのによ。少しは考えろよ」

男は建物に向かって引き返す。

「そういえば、今度は小さいガキだって言ってたな。ガキならすぐ俺たちの言うことを聞きそうだし、楽そうだな。明日のために今日は早く寝るか」

男が建物に入っていく。男女が「あの方」と呼ぶ人物は今、カージナルの街で暗闇に紛れていた。ある計画のために。

＊＊＊＊＊

ユーキがリク君と遊んだ次の日の朝、私は騎士団のメンバーを屋敷に呼んだ。

「よし、じゃあ、報告を聞こう」

「はい」

今朝、カージナルへ戻ってきたマシューから報告を聞く。

「じゃあ、事件が起こっているのは間違いないんだな」

「それは間違いない。ラグナスでやられたのは大体12体程度。契約主が死んで見つかったのは、そのうちの5組。他は行方不明だそうだ」

「そうか……」

私はある情報を入手し、マシューにここから一番近い小さな街、ラグナスに調べに行ってもらっていた。

ある情報というのは、ここ最近、色々な街で契約魔獣が消え、契約主が行方不明になったり、死体で見つかったりしている、というものだ。

その消えた魔獣が問題だった。珍しい魔獣や力の強い魔獣ばかりが消えている。いよいよ問題視した各街の冒険者ギルドや貴族が、調べ始めているらしい。

しかしカージナルでは、そのような事件は一切耳にしない。魔獣と契約している者たちは大体が冒険者ギルドか商業ギルドに入っていて、何か起これば広まるはず。まあ、ユーキみたいな者もいるが。

マシューが調べてきたケースの中には、ギルドに所属している者がいるはずだ。もし異変があれば、ギルドマスターから私のところに連絡が入る。私でなくても、オリビアに連絡が来る。連絡を待つより先に、調査することにしたのだ。

「それで、目撃者は」

「それが、ギルドが目撃者に話を聞いたところ、襲われるのは昼夜関係ないそうだ。突然目の前に闇が現れて、契約主と魔獣を包み込んで消えるらしい。数日後、契約主が死体で発見される。全員じゃないけどな」

「闇か……。それ以外の方法の目撃者はいないのか」

「俺は、ラグナスにしか行ってないから、他は分からない。が、ラグナスの場合は全て闇魔法だ」

部屋の中が静かになった。

闇魔法。魔力石を使い、闇を繰り出す魔法だ。闇魔法を使いこなせる者は少ない。例えば私は色々な魔力石を使えるが、一番相性がいいのは水の魔力石だ。人はそれぞれ得意とする属性がある。が、色々操れる私も、闇の魔力石は使えない。闇の魔力石を使える者は、理由は分かっていないが、極端に少ないのだ。

「闇ギルドが関係しているのでしょうか？」

「闇の魔力石を使うからといって、まだ決めつけていいわけではない」

闇ギルド。それはあらゆる犯罪に手を染め、自分たちの利益のためなら、子供だろうと誰だろうと犠牲にして全てを手に入れる。それが闇ギルド。

なぜだか分からないが、闇ギルドに所属する奴らには闇属性の者が多く、しかもほとんどが強力な闇の力を使う。

「しかし、どんな奴らがこんなことをしているのか知らないが、この街だけが無事でいられるとは思えない」

「もちろんだ。冒険者ギルドとも協力して、見回りを強化する。それから、珍しい魔獣や強い魔獣と契約している者たちには、警戒するように通達だな。どんな闇の力を使っているか分からないからな、大勢でいようと関係ないかもしれないが、なるべく1人にならないように伝えよう」

「強力な力に対抗するには強力な力が使えなければいけませんし。団長くらい強ければ、返り討ちを警戒して相手も躊躇《ちゅうちょ》すると思うのですが」

「これだけ大勢が連れ去られているからな。もしかすると鑑定の石を持ってる奴がいるのかもしれないぜ。自分よりも弱いのを確認してから襲っているとかな」

鑑定の石とは、相手にその石を向けることで、相手の能力や力、どんな魔獣を従えているかなどを読み出し、紙に写し出すことができる石のことだ。とても珍しい石で、私は今まで2回程しか見たことがない。

リアムの言葉にハッとした。

「まずいな、鑑定の石を使われたら、ユーキが危ない！」

私は慌てて、庭にいるはずのユーキの元へ向かった。

石を使われて、マシロの契約主が私じゃないと分かれば、ユーキなどすぐに襲われてしまう。先日あれだけ街中を歩いたんだ。もうバレている可能性もある。

＊＊＊＊＊

僕は朝ご飯を食べてから、お母さんと一緒にお庭にいました。朝にしか咲かないお花があって、今の季節しか見られないいんだって。

可愛い青色のお花だったよ。名前は「空の花」って言うんだって。

アメリアがご飯のあとのお茶を運んできてくれて、それを飲んでる時でした。お父さんたちが慌てて僕たちのところに走ってきました。

「あなたどうしたの？　そんなに慌てて」

「すまないがユーキ、今すぐ家の中に入りなさい。少しの間、外はダメだ。それとマシロ、話がある。魔獣契約のことだ。とりあえず家に入るぞ」

なんだか分からないけど、すぐお家に入った方がいいみたい。こんなに慌ててるお父さん、初めて見たよ。お母さんもあとは何も聞かずに立ち上がりました。

みんなでお家に入るのに、歩き出した時でした。僕の周りに、何かよく分からない黒いモヤモヤが出てきました。真っ黒いモヤモヤです。

『主！』

マシロの声に、みんなが僕を見ました。

「ユーキ、そこから離れろ！　私の方へ来い！」

僕に駆け寄ろうとするお父さん、僕もそっちへ行こうとしたけど、なぜか動けません。そしたら、マシロとディルとリュカ、シルフィーの周りにも、黒いモヤモヤが出てきて。

「ユーキちゃん！　ダメだわ、近づけない、どうして！」

「ダメだ、もう闇に囚《とら》われた！　我々は干渉できん！」

僕は怖くなって、マシロにしがみつきます。

「マシロ……」

『主、しっかり我に掴まっていろ。これからここではないどこかへ行くと思うが、我が必ず側にいて、主を守る。お前たちもいいな。絶対に離れるなよ』

『分かってるよ。離れるもんか。オレだって、ユーキの側にいて、ユーキのこと守るぞ！』

『大切な友達だもんね！』

『うん、ぼく、ユーキ守る』

黒いモヤモヤで、もうほとんど何も見えません。全部見えなくなる時、お父さんの声がしま

した。

「ユーキ、絶対迎えに行く！　絶対だ！　約束だ！」

その声が聞こえてすぐ、全部が真っ黒になりました。その真っ黒がなくなったら、そこは見たことのない部屋の中です。そして……。

「ようこそ。ガキ、今日からここがお前の家だ」

知らない男の人と女の人が、何人か立ってました。

最初に声をかけてきた男の人が、近寄ってきました。マシロが威嚇して唸ってくれて、男の人が止まります。他の人たちも、マシロの威嚇で近寄ってきません。

「さすがフェンリルだな、この威圧感は。俺たちでは、これ以上近寄るのは無理だ」

「ねえ、アレがこの前の奴じゃない」

「そうだな、だが、あの方の指示があるまで、何もできないからな。交代で見張るぞ」

「おい、ガキ。怪我したくなきゃ、大人しくしてろよ。そっちのフェンリル、お前頭いいんだろ。今この部屋がどういう状況か分かってるよな。変なことするなよ。主人の命が大事ならな」

そう言い残して、みんな部屋から出ていきました。

「マシロ……。ここどこ？」

『分からん。だが』

マシロが教えてくれたのは、この部屋には「魔力封《ふう》じ」がされてるってこと。だからマシロもディルもリュカもシルフィーも、みんな、力が使えないんだって。無理に使ったら、お部屋が爆発しちゃうかもしれないんだって。

ドアは、さっきの人たちが出ていったのしかなくて、窓もありません。

マシロは、ここが森の中なのは気配で分かる、って言ってる。ディルたちも、森だって。何があっても離れないように、もう一度マシロに言われました。

どのくらい経ったか分からないけど、誰かがお部屋に近づいてきて、バンッって勢いよくドアを開けました。さっきの人たちと、黒い人。黒いお洋服を着ていて、お顔に黒い蛇の絵が描いてあります。何かね、分かんないけど、とっても怖い感じの人。お父さんたちと全然違う。

マシロが僕を庇いながら、また威嚇してくれます。

「ちゃんと全員を運べたな。フェンリル、妖精、精霊。こんなに一度に手に入れられるのは珍しい。あの街へ行ったのは正解だった」

黒服の男の人が、1つだけ置かれていた椅子に座ります。

「いいか、一度しか言わん。よく聞いておけ。お前はこれから私のため、私たちのために力を使え。お前の魔力と、そしてフェンリルたちを使い、私の言う通りにするんだ。反抗は許さない。分かるか？」

　黒服の人の目がとっても怖いです。

「……いやでしゅ。おうちかえるでしゅ……」

　言うこと聞いちゃいけない気がする。

「……そうか。ならば、お前が私たちのために力を使うと言うまで、この部屋から出さず飯もやらん。それで弱って死んでも構わん。まあ、お前の力も欲しいが、仕方ないだろう。そしてお前が死んだあと、力は落ちるかもしれないが、そいつらと私が無理やり契約しよう」

　黒服の人は立ち上がると、さっさとお部屋を出ていっちゃいました。残った人たちは、誰が見張りをするか決めて、それからお部屋を出ていったよ。マシロが、ドアの前に1人いる、って。

「マシロ、かえりたいでしゅ……。とうしゃん、かあしゃん、にいしゃん……。ふえぇ……」

『大丈夫、どうにかする。いいか、あの黒服の話は絶対に聞くな。アイツは他の奴らよりも危ない』

「うん……」

『だけどご飯もらえないんだぞ。ユーキ、ご飯食べないと死んじゃうぞ』

　僕の肩に止まってたディルが、マシロの顔の前まで飛んでいったよ。

『分かっている。だからどうにかして主が元気なうちに、ここから逃げ出したい。今、その方法を考えている。何しろこの部屋では魔力が使えん』

『じゃあどうするのさ？』

リュカも加わって、お話し合いが始まりました。僕がくっつくと、マシロがしっぽで包んでくれます。包んでもらってた方が安心します。

黒服の人が言った通り、たまに最初の人たちが様子を見に来るけど、なんにも持ってこなかったよ。トイレもこの部屋でしなさいって、バケツ置いていきました。

『でもさあ、ボクたちの力が欲しいなら、どうしてすぐユーキのこと殺さないのかな？』

『言っていただろう。あの黒服が。主の魔力も使いたいと』

『でも、死んでもいいって』

『アレは脅《おど》しだ。我々を従わせるためのな。言うことを聞かなければ、本当に殺すだろうが、そんなことはさせん。無理やりの契約もさせるものか。我らを何だと思っている』

無理やりの契約……。契約って、お友達になることでしょう。前にオリバーさんが、「無理やり友達になってはいけません」って言ってたよ。ちゃんと相手のことを考えなさいって。あの黒服の人、なんでそんないけないことするんだろう。

『ねえマシロ、ぼく、あの人たち知ってる』

と、今までマシロの背中に乗って、静かにしてたシルフィーが話しかけてきたよ。

あの黒服の人を除いて、知ってるんだって。初めてシルフィーに会った時、怪我してたでしょ。あれね、あの人たちがやったんだって。あの人たちがシルフィーをいじめた人だった。やっぱり悪い人たちだったんだ。

シルフィーは怪我した日、暗かったから顔は分からなかったけど、匂いで思い出したって。


それから何回か、最初の人たちがお部屋に来たけど、黒服の人は来なかったよ。

『シルフィー、聞きたいのだが。奴らはお前から見て強い者たちだったか？』

マシロが急に、いじめた人たちのことを聞いたよ。

『えーと、ぼくは弱いからダメ。でもマシロは全然平気。勝てる』

『ならば、あいつらをどうにかすれば、逃げられるかもしれん。黒服はずっとここにいるわけではない。我らがここに来てから、何度も気配が現れては、消えている。奴がいない隙に外に出られれば……』

そのためには、まずここがどういうところか分からないとダメだって。窓がないから、僕にはさっぱりだけど、マシロたちは気配で森だってことは分かってる。あとは、どのくらい奥にいるのか知りたいって。

『あ！　ボク、いいこと思いついた』

リュカが、マシロの鼻先へ。なんかいつもよりキラキラ光ってる気がします。

『ボクは光の妖精だからね。ボク、このキラキラを消して飛べるよ。キラキラを消すくらいなら魔力を使わないから大丈夫だし、あいつらがドアを開けた時、隠れて外に出て、周りの様子を見てくるよ』

『そうか！　できるならやってくれ』

「おそとのひと、みちゅかりましぇんか？」

そんなことして、リュカは大丈夫なの？　見つかったら、いじめられちゃうよ。聞いたら、黒服の人がいる時は人の気配が多くなるけど、いない時は最初の4人だけなんだって。

『あいつら、様子を見に来る時、必ず全員でこの部屋に入ってくるんだもん。外に誰もいないんだ。だから出られるよ。ボクがいないのがバレないように、毛の中に隠れてるって言っておいて』

そんなので騙《だま》せるかな？　でも、リュカはとっても自信満々です。それにとってもニコニコしてました。リュカが大丈夫って言うなら、僕、リュカのこと信じるよ。でも、危ないと思ったら、すぐにやめてね。意地悪されて、お怪我するの見たくないからね。

リュカが外へ出るのは、次にあの人たちが来た時になりました。

『リュカ、外に出て、もしテレパシーが使えるようなら、妖精たちに連絡をとってみてくれ』

『いいけど、街がどのくらい離れてるか、テレパシーが届くか分からないよ。ボク、遠くまで使ったことないんだ』

『やってみてダメだったら、近くにいる妖精にここがどこか聞いてみてくれ』

『分かった！』

そしていよいよ、リュカが外へ。男の人たちがお部屋へ近づいてきたようです。マシロが黒服の人がいないのを確認しました。

『じゃあ、ボクはドアの前にいるね。次にあいつらがこの部屋に来る時、戻ってくるから』

そう言うと、リュカのキラキラが消えました。ドアのところで開くのを待ちます。

バンッ！　と勢いよくドアが開きました。

リュカが見つからないように、さっとお部屋から出ていきます。誰も気付いてない。よかった、成功だね。リュカ気を付けてね。

男の人たちはリュカがいないと見渡したけど、「毛の中にいる」と言ったら、納得してさっさと出ていっちゃった。『簡単に信じるなんてバカなのか』って、マシロが呆れてます。

ドキドキしながらリュカを待ちます。リュカ大丈夫かな。ちゃんと戻ってこられるかな。

どのくらい経ったか分からないうちに、足音が聞こえてきました。ドキドキが、もっとドキドキです。そしてドアが開きました。

一番後ろの女の人の足のところから、リュカがそっとお部屋に入ってきました。よかった。帰ってきてくれた。怪我とかしてない？　4人が出ていって、ボクは近づきました。

「リュカよかったでしゅ、おけがしてましぇんか？」

『大丈夫だよ。ちゃんと外を見てきたからね。バッチリだよ！』

リュカは、お外で見てきたことと、近くにいる妖精さんに聞いた話を、細かくマシロに説明しました。テレパシーを使ったけど、やっぱり街の妖精さんには届かなかったみたい。近くの妖精さんに話を聞いたら、ここは、人間が「黒い森」って呼んでるところの、とっても奥なんだって。リュカが木の上から確認すると、どこを見ても木ばっかりだったって。

『黒い森？　そんなところにいたのか』

マシロはこの森のこと、知ってた。前に通ったことがあるんだって。

『主、ここはカージナルからだいぶ離れた森の中だ。もし逃げられて、ずっと走り続ければ2日くらいか。帰ることはできそうだ』

マシロの言葉に、僕はしょぼんです。

「ぼく、たくしゃん、のれましぇん……」

僕はまだたくさんマシロに乗れないから、きっと逃げられてもすぐ捕まっちゃう……。

『大丈夫だ。我がしっぽで支えれば、長い間乗っていられる』

「たくしゃん、のれましゅか？」

『ああ、安心しろ』

「はいでしゅ！」

マシロがしっぽで支えてくれるって。よかった、それなら大丈夫そう。ここから出られたら、お家に帰れそうです。

それと、今いるこのお家は大きくないけど、いっぱいお部屋があるんだって。「魔力封じ」されてるお部屋は2つで、もう1つのお部屋は、すぐ近くだって。

「そのおへや、だれもいましぇんか？」

『つい最近までいたみたい。魔獣の匂いが残ってたからね。でも今はいないよ。あと、今見張ってるのはあの4人だけみたい。しかもバカ』

『どうしてバカなんだ？』

リュカ、あの人たちのこと、だいぶバカにしてるみたいだけど、なんで？

『だってさ、ドアの前で見張ってる人以外は、好き勝手やってるんだよ』

リュカがお外から戻って男の人たちの様子を見たら、みんな自分のしたいことをしてたんだって。男の人は、お酒を飲んでは、ずっとお金を数えてる。女の人の1人は、顔にお絵かきしてたって。お化粧かな？　もう1人は、キラキラした石を見ては、ニコニコ笑ってたって。

『ワザと物音を立ててみても、ちょっと見るだけですぐ自分のやりたいことに戻るんだよ。見張りとしてどうなの？　それにさあ、ドアの前の見張りは居眠りしてるんだ。ほんとバカ』

なんかリュカ、怖くない？

『大体見張りっていうのは、相手を見張ってこそなんだよ。それをしないなんて、何考えてるのさ。そう思わない？　マシロ！』

『あ、ああ、そうだな。リュカ、我はそろそろ逃げ出す計画を立てたいのだが……』

『ボクも考える。あんなバカな人間に捕まってるなんて、許せないよ！』

……。リュカどうしたの？　ディルがこっそり教えてくれました。リュカがね、一番嫌いなものは、バカな人間なんだって。人間だけじゃなくて、妖精でも魔獣でもバカが嫌いだそう。

ふーん。僕もしっかりしないとリュカに怒られちゃうね……。気を付けよう。

様子が分かったところで、みんなで作戦会議です。

男の人たちは相変わらず部屋には来るけど、初めより少なくなったよ。リュカが、

『あいつらのことだから、様子を見に来るのが面倒くさいんだよ』

だって。さっきも見に来て、さっさといなくなったよ。

ここに来たのは朝だったけど、今、お昼かな？　夕方かな？　ちょっと疲れちゃったな……。

お腹空いてきちゃった……。

「ふゆう……」

『主、疲れたなら少し寝るといい。奴らも見に来たばかりだ、すぐには来ないだろう。今のうちに休んで、動くことになった時のために、体力をとっておけ』

「はいでしゅ……。マシロ、みんな、おなかしゅいたね……」

僕はマシロベッドに行きました。マシロがしっぽで包んでくれます。

お父さんたちどうしたかな……。早くお家帰りたいな……。

＊＊＊＊

『眠ったか……。もって2日か、3日か……。早くここから逃げ出さねば』

『でもどうする？　この部屋から出なくちゃ、魔法は使えないんだろ』

『マシロなら、あいつら、簡単にやっつけられるでしょう？』

『ダメだ、奴らには何か結界《けっかい》が張ってある。あれは、魔力を使って攻撃しなければ破れないものだし、ここで下手に暴れるのはよくない。主まで巻き込みかねん。なんとか外に出られればいいが……。もちろん逃げるのは、あの黒服がいない時だ。あいつは危険だし、人数も増えるからな。それと、我々がここへ連れてこられた闇魔法、あれは見たことがある』

あの闇魔法は、強力だ。使い手は、必ず対象が見えている状態で魔法を使う。屋敷にいたあの時も、闇魔法を使った犯人は近くにいたはずだ。

初めにこの部屋にいたあの４人は犯人ではないだろう。まあ、あのバカどもに闇魔法は使えんだろうがな。見張りさえもちゃんとできんようなバカどもだ。あの黒服が使い手だろう。黒服がいないうちになんとか逃げ出せれば、あとはこっちのものだ。

『早くしなければ、ユーキの体力が心配だ。逃げ出したら、まずはゆっくりできて、ご飯も食べられる場所を探さなくてはな。体力回復が優先だ。街へ戻るのはそれからだ』

『あのね、マシロ。ぼく知ってる』

ユーキと一緒に寝ていた、シルフィーが話しかけてきた。

『何を知っているんだ？』

『この森の奥に、ぼくのこと心配してくれるおじさんいる。ご飯もくれる。そこは安全』

『外に出たら案内できるか⁉』

『任せて！』

シルフィーのおかげで、脱出した先もなんとかなりそうだ。あとは、この部屋から出るだけだ。待っていてくれ、主。我は必ず主を守り、家へ連れて帰る。

＊＊＊＊＊

「すまない。迷惑をかける」

「気にするな。お前と俺の仲だ。それにオリビアも動いているんだろう。我々には我々のできることをしよう。必ずお前の息子を助けるぞ」

「ああ、必ず!!」

「それ、その腰に付けてる剣のおもちゃ、息子のか？」

「……ああ」

私は今、ラグナスの街へ来ていた。この街には、私の友人で貴族のザクスが住んでいる。私は彼の力を借りに来ていた。……ユーキを助けるために。

ユーキが消えた場所には、このおもちゃの剣だけが落ちていた。ユーキが消えた時、私は震える手で剣を拾い上げ、握りしめた。

「団長、あの闇魔法は、対象物を自分で確認しないと使えません。近くにいるはずです！」

一瞬、放心《ほうしん》していた私は、オリバーの声と共に一気に現実に引き戻された。呆《ほう》けている暇などない。すぐに動かなければ。私はオリバーたちに指示を出す。

「探せ！　近くにいる不審者《ふしんしゃ》は全員捕まえてこい！」

「あなた、ギルドへ行ってくるわ。少しでも情報を集めてくるわね。それと仲間にも、捜索《そうさく》を手伝ってもらえるように頼んでくるわ」

「頼む。ユーキが見つからなくても、昼には一度戻れ。状況と情報をまとめ直す。バラバラに動きすぎるのもよくない。アメリアも連れていけ！」

オリビアたちも動き出した。ギルドの方はオリビアに任せていいだろう。私が冒険者ギルドに行ったところで、役には立たないからな。私は私のできることをしなければ。

「アシェル、あれは闇の魔力石を使う闇魔法でも、かなり強力なものだ。マシューの今朝の報告から考えると、ユーキを攫《さら》った奴が1人で全てをやっていると思うか？」

「いいえ。そうは思いません。複数の魔獣と人を攫い、監視して人殺しまでするのは、いくら強力な魔法使いでも不可能かと。おそらく仲間がいるはずです。大体、連れ去った本人がここにいるならば、攫われた先でユーキ様を監視する人物が必要です。最低でも3人は」

アシェルの言う通りだ。朝に聞いたマシューの報告から、私も一瞬「闇ギルド」を考えたが、ここまでの使い手がいたか？　指名手配中の奴らの中にはいなかったはずだ。我々が知らなかっただけか、闇ギルドとは違う新たな組織ができたのか。

「アシェル、一応、手配中の闇ギルドのメンバーと、アジトがあると思われる場所の資料を集めてくれ。闇ギルドでなくとも、こういった事件を起こしそうな奴の資料も頼む。私は指示を出したあと、あいつのところへ行ってくる」

「ザクス様のところですね」

「ああ、今の時点で一番信用できて、多くの騎士団を動かせるのはザクスしかいないからな」

「畏まりました。屋敷の人間を使い、全ての資料を集めます」


こうしてアシェルの集めてくれた資料を持って、私はザクスのところへ来たのだ。

彼は私の家と同等の力を持つ貴族だ。なぜこんな小さな街にいるのかというと、ただゆっくり過ごしたい、要は楽がしたかっただけが理由だ。

そんなザクスと私が出会ったのは、騎士学校だった。自由でやる気のない性格の彼と、ほぼ同じ気性だった私は、すぐ友達になった。

しかし、ザクスはやる時はやる男だった。指揮した作戦は全て完璧にこなし、部下を思いやる気持ちは人一倍強かった。そんな彼を慕《した》って、集まってくる者も多かった。

今、私が欲しいのは、人手と戦力だ。把握しているだけの闇ギルドのアジトを、これから一斉摘発《いっせいてきはつ》をしに向かうのだ。少しでも、なんでもいい。ユーキに繋《つな》がる情報が欲しい。そのためには彼と彼の部隊が必要だった。

だが……。捜索するところが、全く見当違いだったら。闇ギルドなど関係のない新しい組織が生まれていて、そいつらが犯人だったら……。

「おい、お前がそんな悩んだ顔をしていてどうする。お前は上の立場の人間だ。部下に示しがつかんだろう。それに現段階では、これが最善策なのは間違いない」

「ああ、分かっている。しかし」

「なんにでも自信を持っているお前はどうした。そんなことじゃ、助けられるものも助けられないぞ。今、騎士を集めている。準備ができたらすぐに出発だ。それまでに、いつものお前に戻っておけよ。分かったか？　そんな弱気な親父、息子に見せられんぞ」

「……ああ、そうだな。あいつのためにも、しっかりしなくてはな」

そうだ。ユーキのためにも、弱気になってなんかいられない。それに、今不安なのは私ではない。ユーキたちだ。今頃泣いているかもしれない。必ず見つけ出し、抱きしめる！　そしてあの可愛い笑顔を見るんだ。

「その顔は、もう復活したみたいだな」

ザクスには本当に助けられる。こいつと友達でよかった。

騎士団の準備が整い、いよいよ各目的地へと移動を開始する。

私はカージナルから馬で3日ほど離れた大きな街、レシックという街へと向かう。その街には闇ギルドで一番大きいアジトがあるらしい。急いで向かえば、2日で着くはずだ。

攫われたユーキが無事でいられるかは、時間との勝負だ。マシロたちがいるから、そう簡単には殺されないだろう。鑑定石で能力を調べていたなら、ユーキに魔力があると分かっているはずだ。こんなことをする奴らだ。せっかく手に入れたユーキを、そうそう手放したりはしないだろう。

きっと殺されない、そう思いたいだけなのか。アイツのやらかしは、私たちの想像をいつも超える。そのやらかしに期待しながら、私たちはレシックの街へと馬を進めた。

＊＊＊＊

『なあ、オレたち、捕まってるんだよな』

『ああ、そうだな』

『2人とも、完璧に熟睡《じゅくすい》してるね。しかも凄くいい寝顔してるし。捕まってるんじゃなかったら、あの家の人たちが喜びそうな寝顔だよ』

『……』

さっき眠ってから、主は起きることなく、ずっと眠り続けていた。疲れているのだろう。こんなところで気を張ってご飯ももらえず、男たちの悪意に晒《さら》されて。だが、ちょっと本気で寝すぎな気もするがな。まあ、体力をもたせるにはいいことだ。

黒服の方は、初めの頃に3回来てからは、一度も姿を見せていない。もしかすると、我々のような者たちを探しに行っているのかもしれない。リュカが「魔力封じ」の部屋がもう1つあり、魔獣の匂いが残されていたと言っていたからな。

男女4人組の方は、主が寝てからまだ一度も確認に来ていない。まあゆっくりできるからいいが、リュカの言う通り、見張りとしてどうかとも思う。

『さて、この部屋から出るにはどうするか』

『ボクだけ外に出られても、仕方ないもんね。ボクがマシロみたいに強ければね』

シルフィーのおかげで、外に出て向かう先も決まった。シルフィーの言う「おじさん」が誰のことかは分からないが。いったん起きたシルフィーに説明させたが、何を言っているのかさっぱりだった。まあ、あれだけ自信たっぷりに言っていたから、大丈夫なのだろう。ここはシルフィーを信じよう。

あとはここを出て逃げるだけなのだが……。方法がなかなか思いつかん。魔力を使えないのがやはりネックだな。使えればあんな奴らなど。本当に忌々《いまいま》しい部屋だ。

モゾモゾ……。

主が動いた。起きたのか？

＊＊＊＊

「ふゆう……。おはよでしゅ……。ん？」

いつもの僕のお部屋じゃない。どこだっけ、ここ？

『主、ここがどこか覚えてるか。我々は捕まってここに連れてこられ、この部屋に閉じ込められている』

捕まる？　連れてこられた？　…………そうだった、僕、捕まってるんだった！　それでちょっと眠くなっちゃって。あれ？　僕いっぱい寝てた気がするんだけど、誰も来なかったのかな？　聞いたら一度も来なかったって。よかった。そのおかげだね。いっぱい寝られて、少し元気になったよ。

『よく眠れたみたいだな。お腹が空いているのは分かっているのだが、他に何か具合の悪いところはあるか？』

「だいじょぶでしゅ。たくしゃん寝れて、げんきなりまちた」

『そうか』

起きたので、僕も一緒になって、外に出る作戦会議の再開です。このお部屋から出るにはどうしたらいいか、……ずっとこのことを考えてるね。

このお部屋から逃げられたら、まず最初に向かう場所は、僕が寝ている間に決まってました。シルフィーが、いいところ知ってるんだって。よかった。

作戦を話してると、４人組が見に来ました。見張りの人はたまに代わってたみたいだけど、お部屋の中に入ってきたのは久しぶり。

「ちっ、まだ弱ってないのかよ。もう夜だぜ」

「もうすぐ弱るわよ。ご飯食べさせてないんだし」

「もうすぐアレが俺たちのものになるんだな。なあ、少しくらい触ってもいいんじゃないか」

男の１人が、シルフィーに近づこうとしました。すぐにマシロが威嚇します。僕もシルフィーのこと、抱っこしてギュウウウです。絶対、いじめさせないもんね！

「ふん、その威勢も、お前の主人が死んで、あの方の契約魔獣になっちまえば終わりさ」

「そういえばあの方、いつ帰ってくるのかしら？」

「明日の昼頃って言ってたな。それまで3回ぐらい様子を見に来れば十分だろう。夜中の2回と朝でいいんじゃないか。部屋の前で見張りもしてるんだし」

おしゃべりしながら、みんな出ていきました。いっつも何か、たくさんおしゃべりしながら出ていくね。でも、マシロたちはそれが大事って。逃げるのに大切なことをお話ししてたりするんだって。今もそうだったみたい。

『随分ベラベラと情報を話しながら出ていったが、黒服が戻るのは明日の昼頃か。それまでにここを出なければな』

黒服の人が戻ってくる前にお外に出る作戦、早く考えなくちゃ。でもみんなで頑張って考えても、いい作戦を思いつきません。考えてるうちにまた男の人たちが来ちゃいました。あと2回来たら、黒服の人が戻ってくる。それに……。

『主、大丈夫か』

「うにゅう……、だいじょぶでしゅ……」

僕ちょっと疲れちゃった……。お昼寝して少し元気になったのになあ。でも、頑張らなくちゃ。お父さんたちのいる、僕のお家に帰るんだもん。みんなどうしてるかなあ。早く会いたいよ。僕はマシロのもふもふな毛に顔を埋《うず》めました。そうすると安心するからです。その時、デイルが言いました。

『リュカみたいに、隠れて外に出られればいいんだけどなあ。それか、みんなが一瞬だけ奴らから見えなくなるとか』

『ディル、ボクにバカにされたいの』

リュカがディルのお顔を、自分の羽でパシパシ叩きました。

『い、いや、だってさ、一瞬でもあいつらから見えなくなればいいんだろ』

『それができたら、もうとっくに部屋から出てるよ。マシロも何か言ってやってよ。このバカに』

リュカがマシロに声をかけるけど、マシロはピクリとも動きません。そして、突然。

『それだ！』

と、小さい声で叫びました。

マシロがリュカに確認します。このお部屋ともう1つのお部屋しか「魔力封じ」をされてないのか、外では絶対に魔力が使えるのか。確認をしたマシロは、リュカにお願いをしたよ。

『リュカ、お前はどのくらい強い光を出せる？』

『どれくらい？　ユーキと契約してるから、けっこう強い光を出せるよ』

『それは、人間の目を一瞬見えなくするくらいの強い光か？』

『うん。見えなくするくらい、全然余裕だよ。でもそれがどうしたの？』

『いいか、よく聞け』

マシロが作戦を考えました。

まず、リュカに、またお部屋の外に出てもらいます。僕たちはその時、外に出る準備をしておきます。

僕のお洋服の中に、シルフィーを入れます。僕のお洋服はゆるゆるで凄く伸びるから、シルフィーくらいなら入っちゃう。それから僕がマシロに乗って、しっかり掴まります。ディルは僕のお洋服のポケットに。

そして4人組全員がお部屋に入ったら、リュカが凄く強い光を出します。僕のお部屋を明るくしてくれた時よりも、強い強い光です。僕たちは最初から目を瞑っておくから大丈夫だけど、他の人たちはその光のせいで、目が一瞬見えなくなります。

4人組の目が見えるようになる前に、僕たちはお部屋の外へ出ます。リュカを僕のポケットに入れて、お外へ。お外に出ちゃえば、もうみんな魔力を使えるんだけど、それよりも、なるべく早く遠くへ逃げます。男の人たちに意地悪されて、お怪我をしないようにです。

『次に奴らが来た時に作戦を実行しよう。黒服が確実にいない時がいいからな』

『そうだね。ボクもその方がいいと思うよ』

『ユーキ、逃げられたら、オレが魔法で元気にしてやるからな。ご飯もいっぱい食べような！』

「うん！　みんなでおうち、かえりましょう！」

僕は、４人組が来るまで、ちょっと休憩。寝ないように我慢です。

作戦が成功して、お外に逃げられたら、みんなで早くお家に帰ろうね！


足音が近づいてきます。乗っかった僕を、マシロがしっぽで支えてくれます。他のみんなも、自分たちの場所で、準備万端です。

「マシロ、ぜったいおうち、かえるでしゅよ。ぼく、がんばりましゅ」

『我が必ず連れて帰る。絶対に主を離したりしない。だから安心して我に乗っかっていろ』

「はいでしゅ！」

足音が、ドアの前で止まりました。僕はドキドキです。でも僕、みんなのこと信じてるから大丈夫です。絶対お外、出られます。

ドアが開いて4人組が入ってきます。リュカがサッと、お部屋の外へ。男の人たちが全員、お部屋に入るのを待ちます。

「ん？　お前ら、何やってんだ。おいガキ、さっさとそいつから下りろ」

全員が僕たちの方に来たから、ドアのところに誰もいなくなりました。マシロが頷きます。

僕は目を瞑ってマシロの毛に顔を埋めました。そして……。

「わあああ！　な、なんだこの光は!!」

「目が、目が見えねえ、どうなってんだ！」

「イタッ、誰よ、足踏んだの!?」

「まさかアイツら、魔力使ったんじゃ！」

「まさか、そんなわけあるか、この部屋じゃ、使った途端に吹っ飛ぶはずだぞ！　くそ、ほんとに何も見えねえ！」

「でも、外からの光だったら！」

目を瞑ってるから、声しか聞こえないけど、成功したみたい？　です。騒ぐ声が聞こえます。

マシロが小さい声で、

『主、行くぞ。しっかり掴まれ』

そう言いました。僕はしっかり掴まります。マシロが動くのが分かったけど、僕はいいって言われるまで、目を瞑ったまんまです。右のポケットが動くのが分かりました。きっと、リュカが僕のポケットに入ったんだね。

『マシロ！　ボクポケットに入ったよ。行って！』

リュカの声です。やっぱりリュカだ。よかった。ちゃんとみんなで考えた通りにできてるみたいです。

『よし、面倒くさい！　壁と屋根を壊して外へ出るぞ！』

ドガッ、バリッ、凄い音がしてる。多分マシロが壁を壊してる音。あと少しだ、って言うマシロの声と同時に、男の人たちの声が聞こえました。

「くそ、どこ行きやがった！　探せ！」

「こっちの壁、穴が開いてるわ！」

「まだ目が慣れねえ！」

もう追いかけてきたみたいです。マシロのスピードが速くなった気がするよ。

『マシロ、1人こっちに来ちゃった！』

『大丈夫だ、もう魔力が使える。主、どんな声を聞いても目を開けるな。閉じていろ！』

「はいでしゅ！」

マシロが止まった気がしました。男の人の声が聞こえます。見つけたぞって、凄く怒ってるみたい。ガキを殺してやる、って。ガキって、僕のことだよね。怖いよマシロ！

僕がギュッと目を瞑った時でした。

「ぎゃあああああ!!」

男の人の悲鳴が聞こえました。とてもとても大きい悲鳴です。そのあとに女の人の悲鳴も聞こえました。

「きゃあああ！　アイツの、アイツの上半身どこなのよ！」

女の人の悲鳴のあと、他の人たちの声も聞こえたけど、みんな、わああああとか、いやああああとか叫んでました。マシロが今のうちに行くぞって、また走り出したのが分かりました。あの人たちどうしたのかな？　でも、こっちに来てないみたいだから、逃げるなら今のうちだね。

もう一度、ドガッ！　て音がして、そしてついに……。

『外に出たぞ！　主、もう少しだけ目を瞑っていてくれ！』

「はいでしゅ！」

お外に出た僕たち。お外の匂いがする。本当にお外に出られたんだ。まずは、シルフィーの言ってた、優しいおじさんのところに行かなくちゃね。

『この気配は！』

マシロが何かに気付いて、少しスピードが遅くなったみたい。どうしたの？　逃げないの？

『くそ、予定より早く戻ったのか！　絶対に姿が見えないところまで一気に行くしかない。だが、速く走れば主の体が……』

「マシロ……」

マシロの声が慌ててる。ギュッとマシロにしがみつきます。逃げられるよね。大丈夫だよね？　その時、シルフィーが、マシロに言いました。

『マシロ、ぼく、みんなの色変えられる』

『本当か！』

『うん。今から変える。アイツから分からなくなる。そしたら逃げられる？』

『ああ！　もちろんだ』

『あの黒服嫌い、ユーキ助ける。でも力、使いすぎる。寝ちゃうから案内できない。いい、このままの方向にまっすぐ飛んで。ディル、逃げられたら僕、回復して。そしたら起きるから』

シルフィーの話で、近くに黒服の人がいるって分かったよ。なんでもうここにいるの？　シルフィー、力使いすぎたらダメだよ。危ないよ。

そう言いたいのに、言葉が出ないよ。みんな僕の大切な友達なのに、僕、何もできない。何も……。

『……。主。力を貸して欲しい』

マシロの言葉に、僕はそっと目を開けました。ほんとは開けちゃダメだけど、今はいい気がする。マシロはずっと前を向いたまま、静かにお話を始めました。

『主にしかできないことだ。だが、主はそのせいで具合が悪くなるかもしれない。それでも我らに力を貸してもらいたい』

「ぼくにしか、できましぇんか？　ぼくおてちゅだい、できましゅか？　やるでしゅ！　おてちゅだいしましゅ！　どうしゅればいいでしゅか？」

『主、ありがとう』

　みんな僕のために、頑張ってくれてるんだもん。僕だって、みんなのために頑張るよ！

　マシロが簡単に説明してくれました。今からマシロが僕に魔力を流すんだって。体が暖かくなるから、「もっと暖かくなれ」って、思って欲しいんだって。そしたらその暖かいものが、みんなの力になるんだって。うん。それなら僕にもできそう。

　黒服の人、もうすぐここに来ちゃうから、お手伝い開始です。

　マシロが言った通り、何か分からないけど、体が暖かくなりました。初めて魔力石を持った時みたいに。僕は、「暖かくなれぇ」って、いっぱいいっぱい思ったよ。そしたらとっても暖かくなって。

『力、来た。これならみんな一瞬で変えられる。行くよ』

　シルフィーが光ると、みんなの体とか全部が、森の葉っぱとか木とかの色に変わって、僕にもよく分かんなくなっちゃった。そして。

『うん。成功。僕……、寝るね……』

『ああ、我も力をもらった。これなら攻撃されても、主を守ったまま戦える！　行くぞ！』

あれ、マシロの声が聞こえたけど、なんだか僕も眠くなっちゃった。それに、なんか気持ち悪い……。僕はそのまま、マシロの上に倒れちゃった。覚えてたのはそこまで。

＊＊＊＊

魔力を使いすぎ、気を失ってしまった主をしっぽで支えて、落とさないように気を付けながら、木々の間を走る。

「どこへ行ったああああああ!!　逃がさんぞおおおおお!!」

あの黒服の声だ。しかし我々の姿は、主とシルフィーのおかげで見えないらしい。全く別の方向を攻撃している。今のうちだ。

『マシロ、もっと離れてあいつの気配が消えたら、ボク、周りを明るくして走りやすくするね』

『頼む』

『オレは、ユーキとシルフィーを回復するぞ』

『主の回復は少しでいい。まずシルフィーをできるだけ回復させてくれ』

『でもユーキは……』

ディルに説明する。シルフィーに案内してもらわなければ、主の休息所にたどり着くことができない。主は、シルフィーのあとでも十分に回復させることができる。主には申し訳ないが、安全な場所の確保が先だ。

我の説明に、ディルは渋々了解した。

黒服の気配が消えても、十分に離れた距離まで走り続けた。

『ここまで来れば大丈夫であろう。よしリュカ、明かりを頼む。ディル、回復だ』

『任せて！』

『おし、やるぞ！』

我々はどうにかあの場所から、あの黒服から、逃げることに成功した。

ありがとう、主。主のおかげだ。

力なく我の背の上で気を失っている主に、心の中で礼を言った。

6章　森の中の優しいおじさん

くそっ！　せっかく捕まえた駒《こま》に逃げられるなど、なんという失態だ。あの方になんと報告すれば。家へ帰ったところを、もう一度奴に捕まえさせるか？　いやダメだ。あの家の人間に警戒されては、いくら奴でもこの間のように簡単には攫えん。

あの4人は何をしていたのだ。たかが見張りだぞ！　あんなゴミでも見張りくらいはできると思ったが。ゴミはゴミだったたか？

それとも、フェンリルがあの部屋で無理やり魔力を使ったのか？　まさかな。主を危険に晒すようなことはしないだろう。ならどうやって？　とりあえず現状を見なくては……。

建物に入る。あの部屋からすぐの壁に大きな穴が開いていた。あのフェンリルが穴を開けて逃げたか。その穴をたどり、進んでいく。女の錯乱《さくらん》したような声が聞こえてきた。いくつ目かの穴の先に、女2人と男が1人、座り込んでいた。目線の先には下半身だけの死体が転がっていた。あの洋服は確か、こいつらの仲間が着ていたもの。ふん、フェンリルに食い殺されたか？

「おい、これはどういうことだ。なぜ、こんなことになっている」

「ああ、ブラック様。よかった。アレが無理やり逃げたのです。私たちは逃がさないように追いかけたのですが。でもブラック様がお戻りになられたのなら、またすぐにでもあのカーバンクルを捕まえに行けますね」

女が私にすり寄ってきた。気持ちが悪い。大体この女は何を言っているんだ。カーバンクルのことしか頭にないのか。あの部屋に閉じ込めている間は、奴らは何もできないはずだった。それができたということは、これからもまた同じようにされる可能性があるということだ。今後のために、何が起きたのかの検証が大事だというのに。

イライラする。すがりつく女の腕を切り落とした。

「ぎゃあああああ！　腕が、腕があああ！」

女の声が建物の中に響いた。

「な、何をなさるのですか？　ブラック様！　こ、こんな……」

もう1人の女がわずかに後ずさりながら、声をかけてくる。

「なぜこんなことになったのか、聞いたはずだが？　今、この女は、ちゃんと答えたか？」

「い、いいえ、それは……」

腕を切り落とした女は、そのうち死ぬだろう。放っておけばいい。それよりもこの事態に対処しなければ。残りの2人に話を聞く。

見回りに行ったら、突然強い光で目が見えなくなった。見えるようになった時には既に奴らの姿はなく、急いで追いかけた。叫び声が聞こえて急ぐと、仲間の死体を見つけた。

これが、こいつらの説明だった。突然の強い光？　部屋の中でそんな力を使えるはずがない。ではどこからの光だ？　外から？　まさかな。確かに妖精の1匹は光の妖精だった。しかし……。

「おい、お前たちは、私に言われた通りの見張りをしたか？」

「え、ええ、もちろんです」

男の声が一瞬震えたのを、聞き逃さなかった。

「必ず1人、見張りをドアの前に立たせたか？　見回りの時も常に。部屋に入った時はドアを必ず閉めてから人数確認をし、人数が合っているかを目でちゃんとチェックしたのか。一度でも誰かいないことがなかったか？　どうなんだ？」

2人が目を逸《そ》らせて黙った。自分たちが仕事をしていなかったと認めるようなものだが、本当に頭の悪い奴らだ。

妖精は部屋の外にいたのだ。こいつらの隙をついて。フェンリルどもは、その少しの隙を見逃さなかった。バカな奴らの隙を。

そして私もバカだったのだ。カーバンクル欲しさに、こいつらがちゃんと見張りをすると思っていたが、ここまでバカだったとは。

最後は口封じで殺すつもりだった。今、この場でこいつらが死のうが構わないが、少しでも役に立たせてから殺すか……。

そういえば、今朝別の場所に移したあの魔獣は、契約のあと使ったことがまだなかった。こいつらで練習させるのもいいかもしれない。そうだ、そうしよう。

私は、小屋の近くに待たせていた手下に、魔獣を閉じ込めている場所へこいつらを連れていくよう指示を出した。あの半分死にかけの女はどうするか。あのまま餌《えさ》にでもするか。私のイライラも少しは収まるはずだ。ぎゃあぎゃあ騒ぐ奴らを、手下が連れていく。

さて、逃げたフェンリルどもをもう一度捕まえる計画を立てねば。すぐにでも街へ向かうだろうか？　それとも主人の回復を待ってから移動を再開するか？

このあたりを探すにしろ、もうすぐ奴が戻ってくる。戻ってから探し始めた方が、見つけた時に捕まえやすいだろう。私もこの大きな魔力石のおかげであの闇魔法を一応は使えるが、奴程の強力なものは使えない。確実に捕まえる方がいい。

捕まえたら、今度こそ逃げられないように奴隷の首輪を付けよう。あれがあれば、我々には逆らえない。

私は、少しの情報でも手に入れようと、別の手下に周りを見てくるよう命令して、もう一度奴らが逃げ出した部屋へ向かった。外からの攻撃にも対処できるようにしなければ。二度と失態を繰り返さないように。

部屋の前に立つ。ここにいたはずの魔獣ども。あれが手に入ればかなりの戦力になる。あの方の理想を実現するためにも、もっと気を引きしめなければ。そしていつか。

この世界を我々の手に!!

＊＊＊＊

だんだんお空が明るくなってきました。

僕が目を覚ましたら、閉じ込められてたお家から、結構遠くに来ていて、マシロがもう大丈夫って言ってくれました。よかった。ちゃんと逃げられたんだね。みんなお怪我もしてないよね。

今はシルフィーの案内で、シルフィーが言ってた、優しいおじさんのいるところへ向かっています。優しいおじさんって、こんな森の奥にいるんだね。買い物とか大変だろうな？　僕は近くに買い物に行くだけで大変。買い物が終わる頃には疲れて抱っこです。

「シルフィー、おじしゃんいるの、まだでしゅか？」

『もう少し奥。森の奥に大きい湖があるよ。とっても大きいの。その周りでみんなお休みできるの。広いから、大きいおじさんでも大丈夫。僕たち行っても、それでも余裕。人も来ないから安全』

そんなに広い場所があるんだね。森の中すぎて、みんな来ないんだって。

あれ、じゃあ、おじさんはなんでこんな森の中にいるんだろう。それに、大きいおじさんでも大丈夫って、そんなにおじさん大きいの？

『シルフィー、おじさんとはどんな人物だ？　優しいと大きいは分かったが、他に何かないか？』

『うんとねえ、優しくて、大きくて……、カッコイイ!!』

うん。全然分からないね。でもシルフィーが悪いことを1つも言わないんだから、いい人に決まってるよ。お父さんたちみたいな人だったらいいなあ。

『そうか、まあよい。ゆっくり休めるところを、シルフィーが知っていてよかった』

『ご飯も食べられる。ユーキ、ご飯一緒に食べよう。ぼく美味しい木の実知ってる』

「ほんとでしゅか。ぼくきのみだいしゅきでしゅよ。みんなでおなかいっぱいたべるでしゅ！

シルフィーありがとでしゅ」

シルフィーはいろんな木の実のこと、教えてくれました。この森にいた時はいつも湖で、おじさんと一緒にご飯食べてたんだって。

木の実には、美味しいのがたくさんあるけど、食べちゃいけないものもあるから教えてくれるって。シルフィーはおじさんに教えてもらったって。

移動している最中も、たまに木の実を見つけて、教えてくれたよ。

その中で一番びっくりしたのは虹色の実。色鉛筆で色を塗ったみたいな虹色なんだ。おじさんが好きなんだって。じゃあお土産だね。ささっと実を採って大きなポケットに入れます。もう妖精さんたちはポケットから出てるから、たくさん入ったよ。


そんなことをしながら森を走ってたら、前の方に何か見えてきました。

『あそこだよ。おじさん元気かなあ』

おじさんのいる湖が見えてきました。シルフィーが言ってた通り、とっても広いところだね。

『あそこがそうなのか？　しかしあの気配は……。おいシルフィー、本当におじさんはお前に優しいんだな？』

マシロが突然立ち止まりました。何かジィーと見てるけど、何見てるんだろう。同じ方向を向いてるはずなのに、僕にはなんにも見えないよ。シルフィーはしっぽをパタパタさせます。

『うん。優しいよ。早く行こ』

『すまないがシルフィー、先におじさんのところに行って、我らが来たことを話して、我らが行ってもいいか聞いてくれ。ここで待っている』

『いいよ？　友達連れてきたって言ってくる。おじさん、僕に友達できたから、喜んでくれるかな？』

シルフィーが洋服を脱いで、パタパタ、湖の方へ飛んでいきました。マシロ、どうしたのかな？　僕、優しいおじさんに早く会いたいんだけど。あっそうか。初めましてだから、急に会いに行ったら優しいおじさん、びっくりするかもしれないもんね。僕も知らない人がいきなりお部屋に入ってきたら、びっくりしちゃうもん。

『ねえマシロ、あの気配って』

『あれだよな。こんなところにいたんだな。優しいおじさん、って言うから、オレ、勝手に人間だと思ってた』

『ああ、我もそう思い込んでいた。考えたら、シルフィーは今まで1人で森に暮らしていたんだ。人間のはずがなかった』

ん？　みんなの話だと、優しいおじさん、人じゃないみたいだよ。でもおじさんなんだよね？　あれ？　人じゃないおじさん？　よく分かんなくなっちゃった。人じゃないなら何？マシロみたいな魔獣なの？

「ねえねえマシロ。どしたの？　ここにいるの、だれでしゅか？」

『あ、ああ、あそこにいるのは、とてもとても珍しい、シルフィーみたいに伝説と呼ばれている生き物だ』

伝説！　ここにいるの！　伝説ってことは、お父さんたちも見たことないよね！　もしかして僕が初めて見るかも！

「でんしぇちゅでしゅか！　しゅごいです！」

『あ～あ、目がキラキラだよ……』

『これだと、きっと……』

みんなが嫌そうな顔で、こっちを見てるなんて知らない僕は、

「はやくいくでしゅよ！　しゃあマシロ、いくでしゅ！」

マシロの体を、パシパシ叩きました。シルフィーが言ってた。優しくて、大きくて、カッコイイって。どんなおじさんなんだろう。早く会いたい！

『やっぱり……。ユーキ、シルフィーを待ってないとダメだよ』

『主、今、シルフィーが聞きに行ってくれている。もう少しだけ待つのだ』

「ブー……」

早く行きたいのに。でもしょうがない、がまんがまん。シルフィー、早く戻ってきて。

僕はソワソワ、ソワソワ。湖の方を見たり、体を斜めにして木の間から見ようとしたり。そんなことしてたら、またみんなに注意されちゃった。大人しくしてなさいって。だって、早く見たいんだもん。

「あ、あれシルフィーでしゅ！　かえってきたでしゅ！」

『シルフィーなんか慌ててない？』

『ほんとだ』

なんか、いつものお羽の動きと違います。パタパタが、パタッパタッパタッて、たくさん動いてます。どうしたのかな？　あんなに速く飛ぶシルフィー、初めて見たよ。

『みんな、早く早く！』

『どうしたのだ。ちゃんと聞いてきてくれたか？』

『大丈夫だよ。それより早く！　おじさん怪我しちゃってるんだ！　ユーキ、ディル。治してあげて！』

シルフィーはマシロに飛び乗ると、早く早くって、お羽のパタパタで僕たちを急がせます。

「たいへんでしゅ！　マシロはやくでしゅ！」

『……本当にいいと言われたのか？　はあ、仕方あるまい。怪我をしているというのだから、助けないわけにはいかんか……。よし行くぞ』

マシロが木の間を抜けて湖へ。木がなくなって、大きい湖と、とっても広い草原が。

そして、僕たちのいる方と反対側の湖の端っこに、伝説のおじさん？　がいました。

シルフィーが言ってた通り、とっても大きくて、カッコイイ伝説のおじさんです。マシロがそっと、伝説のおじさんに近づきます。

『おじさん、連れてきたよ。怪我見せて。直してあげるよ』

『シルフィー、我は言ったはずだぞ。連れてくるなと。人間の力など必要ないと。それにこんな怪我、なんてことはない』

「ふあああ、カッコイイでしゅ！　おじしゃん、けがしたでしゅか？　なおしましゅ。どこでしゅか？」

僕の目の前には今、お兄ちゃんが読んでくれた絵本に出てた、大きくてカッコイイ、ドラゴンのおじさんが座っていました。お羽と背中の方は真っ黒、お腹の方が青で、絵本で見たのと同じドラゴンおじさんです。

「シルフィー、おじしゃん、どこけがしてましゅか？」

『ほらあそこ、羽の付け根のところ、血が出ちゃってる』

シルフィーに言われて、お羽の付け根を見ると、血がたくさん出てました。マシロに言ってお羽のところに降ろしてもらおうとしたら、ドラゴンおじさんが『近づくな』って、怒ってきました。全く、怪我してるのに、何言ってるの。

「ダメでしゅよ。けがなおしゃないと、バイキンがはいって、もっとけがひどくなるでしゅ」

『だから我は、人間の力など借りぬ！　大体我は……』

もう、ワガママなドラゴンおじさんです。シルフィーがドラゴンおじさんの言葉を途中で止めてました。

『おじさんダメ。怪我治す。治さないと僕泣いちゃうよ！　それにユーキ、ぼくの友達。友達困らすのダメ！』

『しかしだなシルフィー。我は人間のちか……』

「おじしゃん、シルフィーなくのダメでしゅよ。ほらマシロ、おはねのところ、おりてくだしゃい」

『お、おい。だからなわ……』

『「ダメ！」』

『話を聞け！』

ワガママおじさんはもう無視です。早くお怪我治さないといけないのに。カッコイイドラゴンおじさんじゃなくて、ダメおじさんです。

おじさんは平気と言うけど、1つのお羽は動いてるのに、怪我したお羽が動いてないの、なんで。本当は痛いんでしょう。

羽のところに降ろしてもらって、お怪我を見ます。

マシロがおじさんに、シルフィーはお前を心配しているんだ、諦めて言うことを聞け、って言ってます。僕とシルフィーが一緒になったら、誰にも止められない、って。どゆこと？　僕たちお怪我治してるだけだよ。

マシロの言葉に、おじさんはため息を吐いて静かになったよ。今のうち、今のうち。

「ディル、なおしぇましゅか？」

『ああ、大丈夫だ。まだたくさん魔力が残ってるから、このくらいの怪我ならすぐ治せる。よしやるぞ！』

ディルが光って、怪我したところが緑色に輝き始めました。最初は少し強い光だったのが、だんだん弱くなっていきます。でも、前のシルフィーの時より、時間かかってるね。やっぱり怪我、酷かったんじゃないの？

「おじしゃん、けがなおりましゅよ。もうだいじょぶでしゅからね」

『ふん……』

おじさんは何も言わなかったけど、そのまま動かないでじっとしてくれてました。そして一瞬強く光ると、光が消えて、傷は綺麗に治っていました。

「おおー、きれいになおったでしゅ！　おじしゃん、もういたくありましぇんか？」

『……ああ。大丈夫だ。……すまない。恩に着る』

「おんにきる？　なんでしゅか？　なにかきるでしゅか？」

『は？』

『くっ、はははははっ!!』

おじさんはびっくりしたみたいに、大きなお口を開けたまま。それまで黙っていたマシロが、突然笑い出しました。笑うこと何かあった？　マシロが説明してくれたよ。おんにきるって、ありがとうと同じなんだって。なんだ、何か着るんじゃないんだ。ありがとうならそう言えばいいのに。

『はあ、なんか疲れる。警戒していた我がバカみたいではないか』

「あっそうだ。おみやげあるでしゅ。はいっ、どじょでしゅ」

僕は下に降ろしてもらって、おじさんの前にさっき採ってきた虹色の実を置きました。

『ユーキ、木の実採りに行こう。ほら、あれ見える？　あれ全部食べられる。あれならユーキすぐ採れる』

「おなかしゅいたでしゅね」

シルフィーが指したのは、ほんとに目の前のところ。いろんな実がありました。僕でも簡単に採れるね。みんなで実を採ります。

『おい、我はまだここにいていいとは……、はあ、もういい。好きなだけここにいるがよい。全く。本当に話を聞かん者たちだ』

『諦めろ。主たちはいつもこんな感じだ』

『……お前は、あいつの契約魔獣なのか？』

『ああ……』

後ろを見たら、マシロとおじさんが何か話してた。何を話してるか聞こえないけど、きっとお腹空いたって言ってるんだろうな。マシロ、昨日から何も食べてないし、おじさんもお怪我して動けなかったはずだし。

よし！　たくさん採って、みんなで仲良く食べよう。


……たくさん採ろうと思ったんだけど、ダメでした。すぐ疲れちゃった。マシロが、木の実はまた集めればいいから、先に食べなさいって。それで少し寝なさいって。疲れてるんだから無理はダメって、リュカにも言われたよ。

みんなでおじさんの周りに集まって、木の実を食べます。シルフィーが言ってたけど、ほんとに美味しかったよ。あのね、あのサイダーの実もあって、マシロが爪《つめ》で、実の上の部分を切ってくれたよ。

「あのね、モグモグ、おじしゃんは、モグモグ、ずっとここいるでしゅか？　モグモグ」

『ユーキ、お話は食べ物を飲み込んでからにしなよ。お父さんたちに怒られるよ』

うう。何かリュカ、お母さんやアシェルみたい。

『主、ご飯を食べてゆっくり寝てから話をすればいい。主の疲れがなくなるまでは、ここでゆっくりしよう』

「はーいでしゅ。モグモグ」

しょうがない。たくさん聞きたいことあるけど、まずはご飯だね。木の実を食べて、サイダー飲んで。そしたら急に眠くなってきちゃった。

「マシロ……、ベッド……」

『ああ』

マシロベッドに入って、僕は寝る準備完璧です。悪い人たちももういないし、ゆっくり寝ても大丈夫だよね。

早く元気になって、お父さんたちのところに帰らなくちゃ。おじさんとも、たくさんお話ししたいなあ。

「うゆゆ、マシロ……、おきたでしゅよ……」

僕が起きたのは、なんと夕方でした。寝すぎちゃったかな？　でも、体はいつもみたいに元気になりました。

マシロが、街への移動は、明日、明るくなってからにするって。悪い人たちに見つからないか聞いたら、ここは、いくらあの黒服の人が強くても、来られない場所なんだって。

マシロがこの森のことを教えてくれました。

この森は、僕たちが捕まっていた小屋のある場所あたりまでは、強い魔獣が出るだけの森なんだけど、奥に入ると不思議な木があって、その木は自分で動くことができるんだって。朝でもお昼でも、夜でも、いつでも動いてるから、道ができたり消えたりして、人はすぐ迷って、森のお外へ出られなくなっちゃうんだって。

魔獣は匂いで場所が分かるし、お空を飛べる魔獣なら上から分かるから、迷わずに生活できるんだって。

あの悪い人たちは、迷わないギリギリのところにお家を作って、見つかりにくくしてたんじゃないかって言ってた。

『起きたのか』

おじさんが大きな足音を鳴らしながら、歩いてきました。

「おはよでしゅ。おじしゃんは、おけがしたとこ、だいじょぶでしゅか？」

『……。それについて聞きたいことがある。おぬし、何をした？　いや、妖精に何をさせた？』

「ふえ？　ディルにおけが、なおしてもらいました。しょれだけ？」

『そんなわけがなかろう。もしや、そのフェンリルも妖精も、シルフィーも、無理やり従わせてるのではあるまいな！』

何言ってるの？　ほけっとしてる僕の代わりに、マシロが話してくれました。

おじさんは僕が寝てる間に、お羽が治ったから、久しぶりにお空を飛んだんだって。そしたらね、お羽以外のところも痛くなくなってて、今までで一番、体が元気になってたんだって。

「おお～、おじしゃん、よかったでしゅね！　ディルしゅごいです！」

『へへえ～、そうだろう、オレ凄いだろ？』

ディルがえっへんと、カッコつけてます。

『……分かっていないのか？　あの妖精の力だけではないことが？』

おじさんがマシロに聞きました。マシロは首を横に振って、ククくって笑ってます。

『主はまだ小さい。自分の魔力のことはほとんど分からん。今回は緊急事態だったから、一時的に我らに力を貸してもらったのだ。我が強制的に魔力を引き出した。ディルにはその時の魔力が残っていたのだ。そのおかげだろう』

『そうか……』

おじさんはそれ以上何も言いませんでした。ドシンッて大きい音をさせながら、その場に座りました。

あれ、そういえば、シルフィーとリュカは？　あ、それに木の実まだ集めてない。夜のご飯どうしよう。僕が慌ててマシロに聞いたら、向こうを見ろって。言われた方を見たら、木の実のお山がありました。

「ふおお、あれどうしたでしゅか？」

『主が寝ている間に、このおじさんとシルフィーたちが集めてくれたのだ。シルフィーたちは今、残りの木の実を運んでいる。ほら、戻ってきたぞ』

振り向くと、大きな葉っぱに木の実を積んで、葉っぱの端っこを持って飛んでくる２人が見えました。

『あ、ユーキ起きた。元気になった？　疲れなくなった？』

「はいでしゅ。たくしゃんねて、げんきでしゅ。おてちゅだい、ごめんね」

『ユーキ元気、とっても大事。だからいい』

みんなで木の実の周りに座ります。暗くなったからリュカが明るくしてくれました。夜ご飯の前に、ドラゴンおじさんに質問タイムです。

「ドラゴンおじしゃんのおなまえ、なんでしゅか？」

『我に名はない』

おじさん、お名前ないんだ。あとでお名前、考えてあげようかな？

「しょうでしゅか。じゃあ、ちゅぎ！　おじしゃんは、どんなでんしぇちゅのおじさんでしゅか？」

『我は……、我はエンシェントドラゴンだ。そっちのフェンリルよりも長く生きている。おそらくドラゴンの中では、最古《さいこ》のドラゴンだ』

エンシェントドラゴン、ふーん、そういう種類なんだね。「さいこ」って何。まあいいや。

「しょうでしゅか。ちゅぎ！」

『い、いや待て、何もないのか？　びっくりするとか、怖がるとか、何かあるだろう？』

怖がる？　なんで？　おじさんカッコイイのに。全然怖くないよ。会えて嬉しかったし。

「？　なんにもないでしゅよ。ちゅぎでしゅ！　おじしゃんは、いつもここにいるでしゅか？どこか、遊びに行ったりしましゅか？」

僕の質問に、おじさんじゃなくてシルフィーが答えました。

『ユーキ、おじさんはいつもここ。面倒くさいって言って、僕ともなかなか遊んでくれない。遊んでって言ってるのに』

シルフィーが小さい手で、おじさんの手をペシペシ叩いてます。シルフィーも、僕も、おじさんの手より小さいよ。

「おじしゃんダメでしゅよ。ちゃんとあそばないと、いけないでしゅ」

小さい子には優しくね、って言って、僕もシルフィーのマネして、おじさんの手をペシペシ叩きます。

と、おじさんが大きなため息。そして突然、大きな声で、笑い始めました。ガハハハハって、それだけで風が吹いちゃいました。せっかく集めてくれた木の実が、コロコロ転がります。

「『めっ！』」

シルフィーと2人でそう言ったら、おじさんはさらに笑って、マシロまでつられちゃった。ちょっと2人とも、笑うのいいけど、夜ご飯がお皿から転がってるよ。あとで2人で拾い直してよ。せっかくシルフィーたちが運んで、お山にしてくれたんだから。

『我はこんな子供を警戒しておったのか、ガハハハハ！』

『だから最初に我が言っただろう。警戒して、気にしたら負けだと、わははは！』

2人がやっと笑い終わって、質問タイム再開。

どのくらいまで高くお空を飛べるのとか、そんなに大きいのにどうやって木の実を採るのかとか、体洗うの大変じゃないかとか。この時の僕は、エンシェントドラゴンのこと分かってなかったから、僕の気になることばっかり聞いちゃった。

だってドラゴンだよ。僕、本当にドラゴンがいるって思わなかったんだ。絵本だけだと思ってたよ。

あっ、おじさんはねえ、ほんとに大きいんだ。うんとね、僕たちが背中に乗っても全然平気だし。でも、僕のお部屋には絶対入れないよ。


聞きたいことを聞いて、夜のご飯も食べて、明日のことをみんなで考えます。

僕たちが捕まってから、2回目の夜です。お父さんたち、心配してるよね。早く帰らなきゃ。

僕がいなくなる時、必ず迎えに来てくれるって言ってくれたけど、僕たちもお家の方に行かないとね。マシロはお鼻がいいから、お父さんたちが近くにいたらきっと分かるし。そしたら早く会えるかもしれないでしょう?

マシロは、帰る時間が少し長くなるけど、あの捕まってた場所の近くは通らないで帰ろうって。あの黒服の人が絶対探してるって。ディルたちも、その方がいいって言ってます。もう捕まりたくないもんね。

『ところでおぬしら、聞いていなかったが、なぜこのような場所に来たのだ？　人間の子供が来るようなところではない。大人でも人間の来るところではないが』

僕たちは、今までのことを、おじさんにお話ししたよ。

いきなりこの森に連れてこられたこと。悪い人たちがいっぱいいたこと。意地悪されて、その人たちから逃げてここまで来たこと。おじさんは、黙って最後まで聞いてくれました。

『そうだったのか。近頃、森で魔獣や妖精が騒いでいたから、何かあると思っていたが、怪我をして動けなかった。治って、これから調べようと思っていたところだ』

「おじさんは、なんで、おけがしたでしゅか？」

『…………』

おじさんが黙っちゃった。あれ、聞いちゃいけないことだったの？　ごめんね。マシロがお鼻をふんふん鳴らして、匂いをかいでます。そして、

『ほう、この匂いは……』

おじさんじゃなくて、他のドラゴンの匂いがするって。

「ふおお、まだドラゴンいるでしゅか？　どこでしゅか」

僕は周りをキョロキョロ。まだ他のドラゴン見られるの？　見たい見たい！

『いや、匂いが残っているだけだ。なるほど、ケンカでもしたか。くくっ』

なんだ、もういないの……、残念。でもおじさん、そのドラゴンとケンカしちゃったんだね。それでお怪我したんだ。ドラゴンのケンカ、なんか凄そうだね。マシロはなんで笑ってるの？

「ケンカしちゃ、ダメでしゅよ。なかなおり、しまちたか？」

『いや、なあ～……』

仲直りしてないの。ダメだよ、ちゃんとごめんなさいしないと。

『ユーキ、このおじさんはな、相手の気持ちを考えないで友達になろうとしたんだ。だから相手のドラゴンが怒って、おじさんにお仕置きしたんだ』

『この匂いは……、女の子を怒らせちゃったんだ？　そういうこと、へえ～』

ドラゴンって、女の子もいるんだね。僕、男ばっかりだと思ってた。

それよりも、相手の気持ちを考えないで、お友達になろうとしたなんて、いけないんだあ。

オリバーさんが言ってたもん。ダメだって。僕ちゃんと約束守ってるよ。偉いでしょう！

「ダメでしゅよ。いやがることしちゃ、いけないんでしゅ。しょれに、おんなのこいじめちゃ、めっでしゅ。ぼくのとうしゃん、いってたでしゅ。おんなのこには、やしゃしくでしゅよ。こんどあったら、ごめんなしゃいしゅるでしゅ。いいでしゅか？」

『……面目《めんぼく》ない』

面目ないって、何？　マシロが教えてくれました。大人なのに、ちゃんと相手のことを考えなくて、恥ずかしいってことだって。おじさんはガックリと頭を下げちゃった。マシロは相変わらず笑ってるし、リュカは、あの男の人たちをバカにした時の顔をしてる。ディルにまで、あ〜あ、って言われてました。

『さあ、おじさんの話は終わりだ。明日は朝早くから出発だ。準備も終わったし、さあユーキ、もう寝る時間だ』

「はーいでしゅ」

大きな葉っぱに、木の実をたくさん包んだんだ。休憩の時、食べ物探さなくていいようにね。それと、虹色の実、お父さんたちにお土産です。

マシロベッドに寝転がって、シルフィーを抱っこして、お休みなさい。

ふと、誰かの話し声で目が覚めました。あれ、マシロベッドがなくなってる。僕の下には、たくさんのふわふわな葉っぱが敷《し》いてありました。しょぼしょぼの目で声がする方を見ます。少し離れたところで、みんながお話ししてました。

『こんなに騒がしくて楽しかったのは久しぶりだ。すまなかった。怪我でイライラしていたものでな』

『何、主を休ませてもらった。こちらこそ礼を言う』

『でも、女の子にちょっかい出すの、やめた方がいいよ。だからあんな怪我するんだよ。いい年したおじさんがさ、何やってるのさ』

『ぐっ、それは我が悪かったと反省している。久々のドラゴンだったもので、ついな』

おじさん、またリュカにバカにされてる。そんなにバカにされることだったんだ。僕には分からないけど。

『だが、本当に楽しい時間だった。いつも我は1人だからな。我もこの森に住まわせてもらっている。少しでもこの森が過ごしやすいように、森を見守るだけの毎日だ。久しぶりに楽しい時間を過ごせたよ』

おじさん、なんか寂しそう。そっか、おじさんいつもここで1人なんだ。今の僕は、たくさんお友達ができて、お父さんたちが側にいてくれるけど。前の世界の僕と一緒だね。いつも1人。1人は寂しいよ。時々お母さんが笑ってくれると、僕とっても嬉しかった。きっと、おじさんも誰か側にいて、一緒に笑えたら嬉しいよね。

『ねえ、おじさん』

シルフィーがおじさんの前にちょこんと座りました。

『ぼくたちと一緒に、ユーキと一緒に行こうよ。そしたら毎日みんな一緒。きっと楽しいよ。ぼくもおじさんと一緒、嬉しい』

そうだよ！　それがいいよ！　僕は立ち上がって、みんなのところに行きました。

「おじしゃん！　いっしょいくでしゅよ！」

『主、起きてしまったのか？　ほら、もう一度寝るぞ』

マシロが僕の襟首を噛んで、寝ていたところに戻そうとします。

「マシロおはなししましゅ。おじしゃん、いっしょにいくでしゅ！」

『マシロ、待て』

マシロを、おじさんが止めました。そして僕に、おじさんの前に座りなさい、って言いました。僕はシルフィーの隣に座りました。

おじさんは静かに話します。

おじさんは伝説のドラゴン。僕が思っているよりも、とってもとっても珍しいドラゴンで、本当だったら僕みたいな人間は会うことができないくらい珍しいんだって。僕が会えたのはたまたま。だから忘れなさいって。

おじさんはずっと1人で生きてきて、これからも1人で生きて、自分が今いる場所を守るんだって。みんながこの森で暮らしていけるように、他の魔獣とか妖精さんとかを守る。それがおじさんのお仕事。だから、一緒には行けないって。

「……もりは、おじしゃんしか、まもれないでしゅか？」

『そうだな。我しか守れんだろうな。おぬしたちを攫ったような、悪い奴らから守らねば。皆が幸せにこの森で暮らせるように』

「おじしゃんは、だれがまもるでしゅか？　だれがしあわしぇに、してくれるでしゅか？　みんなしあわしぇ、おじしゃんもでしゅか？」

おじさんが目を大きく開いて黙っちゃった。だってそうでしょ。みんなはおじさんに幸せにしてもらえるけど、おじさんはいつも1人なんだよ。一緒に笑ってくれる人、いないいんだよ。それじゃダメだよ。みんなの幸せの中におじさんもいないと。

ガサッ、ゴソッ……。

突然草が揺れました。マシロが僕を隠します。

『魔獣と妖精が集まっている』

マシロがそう言いました。

＊＊＊＊＊

ガサッ、ゴソッ。

現れたのは、この森に住む魔獣や妖精だった。見回りの時に目にした者もチラホラいる。だが、なぜこんなに集まってきたのだ？　森でまた何かあったのか？

我の心配をよそに、誰も慌てることなく、皆大人しくしている。その中から、そこそこ力のある猫型の魔獣と妖精の代表が、我の前に出てきた。

『なんだ、どうかしたのか？』

『おいじじい、この子供と一緒に行ったらどうだ』

『そうだよ。僕たちはそれを言いに来たんだよ』

なんだ。こ奴らは何を言っているのだ。こんなに大勢集まって、何を言いに来たかと思えば、そんなことを言うために集まったのか？

『何を言っている。ふざけたことを』

『ふざけてなんかないぜ。本気に決まってる』

『そうだよ。僕たち本気で言ってるんだよ』

まだふざけるか。全く、揃いも揃って。

だが次の言葉に、我は返事ができなかった。

『じじい、あんた、気付いてないんだろう。だがオレたちは知ってたぜ。……じじい、笑ったのいつぶりだ？　そりゃあ、少しは笑うことはあったろうが、あんなに声を上げて笑ったのを、少なくともオレたちは聞いたことがなかったぜ。それなりに長生きしてるオレたちがだぞ』

……そうだったか？　我は自分でも、久しぶりに笑ったと思っていたが、そんなに長く笑っていなかったのか？

『その子が来てからほんの少しで、あんなに笑うんだもん。僕たちだってびっくりしたんだよ。それでね、そのあと僕たちチラチラ見てたんだ。気配で知ってたでしょ』

そうだったのか。ウロチョロしていた気配は、こ奴らがチラチラ覗きに来ていたからか。来ては帰るのを繰り返していたから、気になってはいたが。

『それでね、僕たち、分かったんだ。おじさんはこの子と一緒にいるべきだって。あんなに楽しそうに、幸せそうに笑ってるおじさん、初めてだった。その子の言う通り、僕たちの幸せを守ってくれてるおじさんが、幸せになれないなんて、僕たち嫌なんだ』

そんなに我は楽しそうにしていたのか。気付かなかった。確かに少し話しただけで、この子供の澄んだ魂に惹《ひ》かれた。こんなに無垢《むく》な子供がいるのかと。我の力を求めるのではなく、ただカッコイイと目を輝かせて嬉しそうに笑ってくれた。

だが、自分の方がそこまでこの子供にハマっていたとは。全く、言われて気付くなど、我もまだまだのようだ。しかし。

『我がいなくなったら、この森は誰が守るのだ。話を聞いていたなら知っているはずだ。今この森には変な奴らが住みついている。その者たちから、森を守る者が必要だろう。それは我の仕事だ』

猫の魔獣が大きなため息を吐いた。それはそれは盛大に。なんだ、失礼な奴め。

『まったくじじいは……。それ、ただの言い訳だろ。本当はこの子供と一緒に行くのが怖いんだろう。途中でまた1人になるかもしれない、ってな。でかい体して、すげえ長生きのくせに弱いじじいだ。それにオレたちのことも言い訳にすんな。オレたちがこの森を守れないとでも思ってるのか。そりゃあもちろん、じじいがいなくなれば力が下がるかもしれないが、すぐにこの森がなくなるものじゃないだろう。オレたちが力を合わせれば、この森を守っていける』

「しかし……」

痛いところを突かれた気がした。そうか、我は恐れているのか。この子供に捨てられることを。また1人になってしまうことを。

『ああ、もう！　いいよ、おじさんは黙ってて！　ねえ、そこの君、ユーキって言うんでしょ』

＊＊＊＊

僕は突然、妖精さんに声をかけられました。

「はいでしゅ！　ユーキでしゅ」

『悪いんだけど、このおじさんに名前つけてあげて。お互いが惹かれ合ってれば、簡単に契約できるから』

契約？　お友達になるってこと？　いいのかな。おじさんに友達になるって言ってもらってないけど。するとリュカが、妖精さんに言いました。

『ユーキの契約は、友達っていう意味なんだよ。いいの？』

『いいよ。どっちにしたって、おじさんにはユーキと一緒に行ってもらわなきゃ。ユーキ、あのね、このおじさん、ちょっと怖がりで、自分から友達になりたいって言えないんだ。だから代わりに僕たちが言ってあげてるんだよ。おじさん、ユーキと友達になりたいって』

そうなんだ。おじさん、怖がりなんだね。でもお友達になりたいと思ってくれてるなんて、僕嬉しいよ。怖がりでも、みんなには優しくて、大きくて、カッコイイおじさんだもんね。そんなおじさんと友達になれるんだもん。

「うん。ぼく、おなまえちゅけるでしゅ！　えっと……」

『ま、待て、おい！』

『主！　待つのだ！』

マシロとおじさんが何か言ってるけど無視です。今はお名前考えないと。

どんなお名前がいいかな。あれ？　そういえば、お名前考えたの、マシロだけかも。どうしよう。お名前考えるの、大変かも……。

うんと、うんと。確かおじさんは、エンシェントドラゴンって種類のドラゴンなんだよね。

じゃあ、エシェットなんてどうかな？　エンシェントドラゴンのエシェット。どう？　変じゃない？

僕は大きな声で、名前を呼びました。

「エシェット。きょうから、おじしゃんのおなまえ、エシェット！」

おじさんの体が、ほんの少し白く輝きました。僕のお胸も少しあったかくなりました。

『じじい、これでもう言い訳できないぞ』

『よかったね。２人とも友達になれて』

猫の魔獣と妖精さんが、エシェットにそう言いました。おじさんは黙ったままです。どうしよう、お名前ダメだったかな？　もっと他の名前がよかった？

「エシェット、おなまえダメでしゅか？」

『……はあ、いや、もういい。我の負けだ』

負け？　何に負けたの？

『おぬしといれば、毎日が楽しいだろう。我は楽しいのが好きだからな。ユーキ、契約……、ではなく、友になってくれて感謝する』

感謝は、ありがとう、って意味だよね。じゃあ僕もありがとう言わなくちゃ。

「ぼくも、ありがとでしゅ。おともだちふえたでしゅ！　うれしいなあ～でしゅよ」

僕は、エシェットの腕に抱きつきました。

新しいお友達ができました。エンシェントドラゴンのエシェットです。とってもカッコよくて、とっても優しいドラゴンおじさんのエシェットです。嬉しいなあ、嬉しいなあ。早くお父さんたちに、お友達できたって言いたいなあ。今、お父さんたち、どこにいるのかな？　探しに来てくれてるよね。

＊＊＊＊

突然ぞわぞわっと、嫌な感じのものが背中を駆け抜けた。なんだいったい。私の様子に気付いたオリバーが、こちらへ寄ってきた。

「ウイリアム団長、どうかしましたか？」

「いや、何か嫌な感じのものが、背中を駆け抜けてな」

「もしかして、ユーキ君に何かあったのでは？」

「それがな、それとは違う感じなんだ。こう、あいつが何かしでかしたのを、あとから聞いてびっくりしすぎる時の感覚っていうか。シルフィーたちを紹介された時に似ている」

「でしたら、もしかしたらその感覚の通り、何かしているのかもしれませんよ。何しろユーキ君にはマシロたちがついているんですから」

確かにオリバーの言う通り、ユーキにはマシロたちがついている。大丈夫だとは思うが、この事態の中でのこの感覚だ。頼むから静かに待っていてくれ。マシロたちがどうにかしてくれて、逃げているのならいい。安全に逃げられるならな。

だが、それ以上のことはやらないでくれ。


この時既に、ユーキがこれまでで一番のやらかしをしていたと知ったのは、もう少しあとになってからだった。

外伝　ありがとうのお買い物

今日は朝から、お父さんがお仕事をするお部屋で遊んでます。何かね、今日はアメリアも他のメイドさんも使用人さんも、全員とっても忙しくて、僕と一緒にいられないんだって。お母さんは、お友達とどこかにお出かけ中。お兄ちゃんたちは学校です。

だから今日は特別に、お父さんといます。

今日はお父さんのお仕事、あんまり忙しくないんだって。今日のお仕事は、お家の形をしたハンコを、たくさんの紙にポンポン押していくお仕事です。ポンポン、ポンポン。何か楽しそう。僕もやってみたいな。

「とうしゃん」

「ん？　なんだ？」

「ぼくも、やってみたいでしゅう」

「ユーキ様、旦那様のお仕事の邪魔をしてはいけませんよ。ただでさえ、仕事が遅いんですから。さあ、あちらの机でお絵かきの続きをしましょうね」

「お前は、いつも一言多いな。ユーキ、ほら、このハンコはもう要らないから、これで遊んでろ」

「ありがとでしゅう」

僕はもらったハンコを、お絵かき用の紙にポンポンポンって、どんどん押していきます。たまに紙から出ちゃうけど気にしな～い。お絵かきとハンコのお遊びと、いつもお仕事でいないお父さんと一緒にいられて、僕はとっても楽しいです。すぐに、お昼の時間になっちゃいました。

今日のお昼は、このお部屋で食べます。ご飯は、サンドウィッチとスープと果物でした。お仕事のお部屋で食べる時は、片手で食べられるご飯が多いんだって。お仕事しながら食べられるでしょう。でも、今日は僕がいるから一緒に食べてくれました。アシェルはとってもニッコリして、お父さんに、

「よかったですね。いい口実ができて」

そう言ってました。お父さんは顔を横にしてました。口実ってなんだろうね？　でもアシェル笑ってるから、きっといいことだよね。

お昼を食べた僕は、こっくりこっくり。眠くなっちゃって、お昼寝の時間です。マシロベッドに寄りかかって、おやすみなさい。僕の隣でシルフィーもお昼寝。ディルとリュカも、マシロの頭の上でお昼寝です。

「しまった！」

僕は、お父さんの声で、目が覚めちゃいました。

「旦那様、どうしました」

「サイン用のペンのインクが切れてしまった」

「はあ、なくなりそうな時は私に伝えてくださいと、あれほど言っていたではないですか。仕方ありません。すぐに買って参りますから、あなたはできることからやっておいてください」

僕はそのお話を聞いてて、いいことを思いつきました。今日はお父さん、ずっと一緒にいてくれたから、ありがとしたいな。僕がお買い物してきてあげたら、お父さん喜んでくれるはず。

僕はマシロベッドから起き上がって、お父さんたちのところに行きました。

「とうしゃん。ぼく、おかいものいってくるでしゅ。ぼく、ペンうってるおみしぇ、わかるでしゅ。マシロとみんなでいってくるでしゅよ」

「は？」

お父さんは最初、危ないからダメだって言いました。でもこれはありがとうのお買い物だから、僕は諦めないで、お買い物に行くって、お父さんに言いました。

「旦那様、これは絶対にユーキ様は引きませんよ。私が後ろからバレないようについていきますから、買い物に行っていただきましょう。お店は通りのちょうど端にありますし、マシロたちもいます」

「仕方ない……」

お父さんたちが小さな声でお話ししてます。お話が終わったら、じゃあ買い物頼む、って。やったね。僕はお父さんにペンをもらいました。同じものを買ってきてって。僕のカバンにペンをしまって、ヒモの付いた小さい袋にお金を入れ、首にかけてくれました。

マシロに乗って、準備万端です。本当はずっと乗っていられないんだけど、マシロがしっぽで支えてくれるって。だから大丈夫です。

「いってきましゅでしゅう！」

僕はお父さんたちに手を振って、さあ、お店に出発です。

「買い物終わったら、すぐに帰ってくるんだぞ！　…………よし行ったな。頼むぞアシェル」

「お任せください。旦那様は、仕事をサボらぬよう」

「分かった分かった」

お店通りまで、道を曲がったりしないから、僕たちだけで大丈夫です。すぐにペンを売ってるお店に着いちゃいました。マシロに乗ったまま入ります。お店の人がマシロを見て最初は驚いてたけど、僕がお買い物のことを言って、ペンを見せたら、すぐに同じペンを出してくれました。首にかけていた袋からお金を出して、数えてもらって、残りをまたしまって、買い物はバッチリです。ペンもカバンにしまったし、帰ろうとした時でした。

『何かいい匂いがするね。なんの匂いかな』

『これ、お菓子を焼いた時の匂いだ！　ほらクッキー焼いた時！』

ディルとリュカがそう言って、お鼻をクンクンしてます。僕とシルフィーもクンクン。ほんとだ。クッキーのいい匂い。どこかで焼きたてのクッキーの匂いがします。

『ちょっと行ってみようよ。マシロもいるから、すぐ帰れるし』

「でもおかし、かえないでしゅう」

『匂いだけ。どこで売ってるか確認して、今度買ってもらおうぜ』

そっか、そうだよね。お店の場所を確認して、今度買ってもらおう。

『主、すぐに帰らなくていいのか？　ウイリアムが待っているのではないか？』

「しゅぐかえるでしゅ。おみしぇかくにんでしゅ。いくでしゅよ！」

マシロに匂いをかいでもらって、僕たちはお店を探しました。お店通りのちょうど真ん中くらいにありました。女の人が、色々なクッキーをたくさん売ってます。美味しそう。僕たちがジィーって見てたら、女の人が話しかけてきました。

「いらっしゃい。ボク、お父さんかお母さんは？」

僕は今日、お父さんのお買い物で来たことを話しました。

「そっかあ。じゃあ、今日はお買い物できないね。あっ、ちょっと待ってて」

女の人はそう言って、袋に色々なクッキーを入れて、僕に渡しました。

「それあげるわ。特別よ。それ、お父さんたちと一緒に食べて、今度は買いに来てね」

「ふおお、ふおおおお！　ありがとでしゅう！」

クッキーもらっちゃいました。嬉しい！　ありがとう！　今日、お父さんたちとみんなで食べようね。

ウキウキのまま、帰ろうとしてたら、僕のことを呼ぶ声が。振り向いたら、お母さんのお友達のルガーさんがいました。両手に大きな紙袋を持ってます。

「こんにちはでしゅう」

「なんだ？　今日は1人なのか？　まあ、フェンリルがいるから大丈夫か。で、今日は何してるんだ」

僕はまた、お父さんのお買い物のことを説明しました。ルガーさんは「偉いな」って言って、ご褒美《ほうび》くれるって。やったね！　ルガーさんは紙袋からおせんべいの袋を取り出して、僕にくれました。クッキーもあって、おせんべいもあって、僕ほんと嬉しい！　ルガーさんにお礼を言ってバイバイして、お家に帰ろうとしたら、今度はリク君のお母さんに呼ばれました。

「こんにちはでしゅう」

「はい、こんにちは。今日はどうしたの？」

僕はまたまたお買い物の説明をしました。リク君のお母さんもやっぱり、「偉い」って褒めてくれます。リク君のお母さんは、箱がいっぱい載った重そうな台を引っ張ってました。お店に出す果物の箱を運んでるんだって。

「お利口《りこう》さんのユーキちゃんには、果物のプレゼントよ」

リク君のお母さんは何個も果物を出して、紙袋に入れて僕にくれようとしたんだけど、僕、そんなにたくさん持てないよ。困ってたら、箱の上に置いてあった小さいリュックに、果物とお菓子を入れてくれました。

「これね、リクにはもう小さくて使えないから、私の小物入れにしてたんだけど、ユーキちゃんにあげるわ。背負わせるから、腕を入れてみて」

リュックの大きさは、僕にぴったりでした。でもね。

「おお、おおおお？」

リュックが重くて、僕、マシロから転がり落ちそうになっちゃったよ。どうしようか、2人で考えてたら、マシロがね、

『我のしっぽに通せばいい。我が持っていくから心配するな』

そう言ってくれて、荷物を持ってもらって帰ることになりました。

バイバイしようとしたら、リク君のお母さんを男の人が呼びました。友達だって。リク君のお母さんから僕のことを聞いた男の人は、「じゃあオレも」って言って、別のクッキーをくれました。それからもリク君のお母さんの友達がたくさん来て、全員、僕にお菓子や果物をくれたんだ。リュックにも入らなくなっちゃって困ってたら、お菓子をくれた男の人が、もうひとつ袋をくれました。それもマシロのしっぽにくぐらせて、帰る準備はバッチリです。

「ユーキちゃん、気を付けて帰ってね。今度遊びに行くからね」

「はいでしゅ！　バイバイでしゅう！」


手を振って、今度こそお家に帰ります。お空を見たらオレンジ色になってました。早く帰らなきゃね。

「マシロ、はやくかえるでしゅよ！」

『ペンを買うだけでだいぶ時間がかかったが……。まあいいだろう。よし、少しスピードを出すぞ。支えているから安心しろ！』

来た時よりもマシロが早く走ります。しっぽのおかげで、ぜんぜんグラグラしないで、マシロの背中に乗っていられます。早く帰って、お父さんに喜んでもらおう。それから夜ご飯のあとに、もらったお菓子と果物をみんなで食べようっと。どんどんお家が近づいてきます。門が見えて、お父さんとアシェルがいました。お父さんの前でマシロが止まり、しゃがんでもらった僕は、ぴょんって背中から降りました。お父さんに抱きつきます。

「とうしゃん！　ただいまでしゅう！」

「お帰り。お使いご苦労様」

僕はカバンからペンを出して、お父さんに渡します。お父さんとっても喜んでくれたよ。それからとっても褒めてくれました。えへへへへ、嬉しいなあ。

＊＊＊＊＊

ユーキがなかなか帰ってこない。アシェルとマシロがついているから、大丈夫だと思うのだが……。気付けば、もう夕方だ。私は門の前まで行き、ユーキが帰ってくるだろう道の方を見つめた。すると馬に乗って帰ってくるアシェルが見えた。あいつ、馬に乗っていったか？　不思議に思いながら待っていると、アシェルが馬を降り、もうすぐユーキたちが帰ってくると報告してきた。馬は借りたらしい。

「随分時間がかかったな。何か問題でもあったのか？」

「いえ、問題はなかったのですが……」

「？」


「それで、こんなことになってるの。凄いね、ペン買いに行っただけだったんでしょう」

今日は遅くまで学校にいたアンソニーとジョシュアが、私たちが夕飯を終えた頃に帰ってきた。休憩室の机の上を見て、苦笑いしている。それもそのはず、今日のユーキの「戦利品」が、机の上いっぱいに並べられていたからだ。

「凄いな。だって、お店通りを歩いただけなんだろ。しかも自分からくれって言ったわけじゃないんだろ」

「まだここに来てちょっとしか経ってないのに、ユーキのことを可愛がってくれる人たちが、街にはどれだけいるんだろうね」

その場にいた全員が、ユーキを見る。オリビアに抱っこされ、とっても可愛い顔をしてスヤスヤ寝ている。全く、うちの可愛いユーキには困ったもんだ。そのうち街中の人々が、ユーキの可愛さにやられてしまうんじゃないのか？

私はオリビアの隣に座り、眠っているユーキの頭を撫でる。全員が、その寝顔に優しい笑みを浮かべた。ユーキの明日が、今日みたいに楽しい日であるように、そう思わずにはいられなかった。

さあ、ユーキをベッドに運ぼう。ユーキを抱き上げ、歩き出す。

ユーキが微かに笑った気がした。どんな夢を見ているのか。おやすみユーキ。

あとがき

この度は『優しい家族と、たくさんのもふもふに囲まれて。～異世界で幸せに暮らします～』を手に取っていただき、ありがとうございます。はじめまして、ありぽんと申します。

最初書籍化のお話をいただいた時は、驚きのあまり「まさかねぇ」と思いましたが、いただいたメールを読み返すうちに、段々と慌てていったのを思い出します。

私が小説を書き始めたのは、ネット小説が好きでよく読んでいたのですが、自分でも物語を考えるのが好きで、書いてみようかなと思ったことがきっかけでした。

もともと犬や猫、ハムスターにウサギ、いろいろな生き物が好きなのですが、現実ではたくさんの生き物に囲まれるのは難しいので、主人公には生き物に囲まれた幸せな生活を送ってもらいたい。そう思ったので、書きたい内容はすぐに決まりました。

ですが主人公をどうしようと悩みました。そこでふと思ったのが、「どうしてライトノベルには幼女はたくさん出てくるのに、幼児はいないのだろう？」でした。私が読んでいた作品のほとんどが幼女だったのです。検索しても幼女はたくさん検索されるのに、幼児は出てこない。

それならば主人公を幼児にするのはどうか？　元気いっぱいで、みんなから愛される男の子。そう考えて生まれたのがユーキでした。

そして書いていくうちに、私の思い描いていた通り、元気なユーキになってくれました。若干（？）元気過ぎることもありますが（笑）。

それでもたくさんの方にユーキを愛していただき、私はとても幸せです。これからも皆様に楽しんでいただけるように精進して参りたいと思います。

最後になりますが、この本を手に取っていただいた読者の皆様、そして出版にかかわっていただいた皆様、本当に感謝申し上げます。

２０２０年３月　ありぽん

SPECIAL THANKS

「優しい家族と、たくさんのもふもふに囲まれて。～異世界で幸せに暮らします～」は、コンテンツポータルサイト「ツギクル」などで多くの方に応援いただいております。感謝の意を込めて、一部の方のユーザー名をご紹介いたします。

金ちゃん　まり　会員～
MK　キヨ　aya-maru　KIYOMI
ラノベの王女様　aqua　凛咲 茜

ツギクルAI分析結果

「優しい家族と、たくさんのもふもふに囲まれて。～異世界で幸せに暮らします～」のジャンル構成は、ファンタジーに続いて、恋愛、現代文学、SF、歴史・時代、ミステリー、ホラー、青春、童話の順番に要素が多い結果となりました。

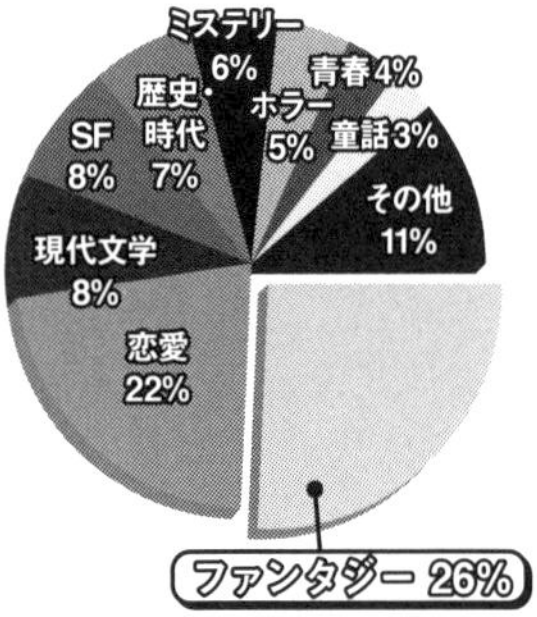

期間限定 SS 配信

「優しい家族と、たくさんのもふもふに囲まれて。～異世界で幸せに暮らします～」

右記の QR コードを読み込むと、「優しい家族と、たくさんのもふもふに囲まれて。～異世界で幸せに暮らします～」のスペシャルストーリーを楽しむことができます。ぜひアクセスしてください。
キャンペーン期間は2020年10月10日までとなっております。

逆行した悪役令嬢は、深窓の令嬢になります
なぜか魔力を失ったので
コミカライズ企画進行中!
著✝蒼伊
イラスト✝RAHWIA
魔力がなくても精霊と一緒に未来を変えます!
魔力の高さから王太子の婚約者となるも、聖女の出現により
その座を奪われることを恐れたラシェル。聖女に悪逆非道な行いをしたことで
婚約破棄されて修道院送りとなり、修道院へ向かう道中で賊に襲われてしまう。
死んだと思ったラシェルが目覚めると、なぜか３年前に戻っていた。
ほとんどの魔力を失い、ベッドから起き上がれないほどの
病弱な体になってしまったラシェル。悪役令嬢回避のため、これ幸いと今度は
こちらから婚約破棄しようとするが、なぜか王太子が拒否!?
ラシェルの運命は――。
悪役令嬢が精霊と共に未来を変える、異世界ハッピーファンタジー。
本体価格1,200円＋税
ISBN978-4-8156-0572-8
ツギクルブックス
https://books.tugikuru.jp/

地球上にダンジョンが生成されるようになって10年。

ダンジョンの謎を明かそうと攻略する人々を『冒険家』と呼ぶ時代が訪れた。

元冒険家の浅蔵豊はダンジョン生成に巻き込まれるが、その際、
2人の女子高生を助けようとして、車ごとダンジョン最下層へと落下。

3人は生き残るため、ダンジョンに飲み込まれたホームセンターへと逃げ込んだ。

食料はある。武器を作る材料もある。自転車だってある。野菜だってある!

浅蔵は新たに獲得したスキル『ダンジョン図鑑』を左手に、2人の女子高生と共に地上を目指す。

元冒険者と女子高生がゆるゆるとダンジョンを攻略する異世界ファンタジー、開幕。

本体価格1,200円＋税 ISBN978-4-8156-0571-1

ツギクルブックス

https://books.tugikuru.jp/

平凡な現地人、
女神猫の加護で
転生者に抗え!
著／どまどま
イラスト／満水
転生者じゃなく、平凡な現地人ですが……
女神の加護を
もらっちゃいました!
アシュリー・エフォートは平凡な男だった。
いつかは魔神を倒して人々を助けたい――そんな夢を抱いていたある日、
転生の儀式で勇者の攻撃によって右手を負傷する。
勇者の方が大切な国は、まったく落ち度のないアシュリーに難癖をつけて追放。
「俺だって強くなりたいのに……ずっと頑張ってたのに……ひどすぎる……」
「では、強くしてやろうか？」
ひとり泣いているところに見知らぬ少女が現れ、
アシュリーは運命の扉を開けることになる――。
本体価格1,200円＋税　ISBN978-4-8156-0568-1
ツギクルブックス
https://books.tugikuru.jp/

もふもふを知らなかったら人生の半分は無駄にしていた
1〜3
著／ひつじのはね
イラスト／戸部淑
冒険あり、癒しあり、笑いあり、涙あり
もふもふたちに囲まれた
異世界スローライフ！
第7回
ネット小説大賞
受賞作！
KADOKAWA
「ComicWalker」で
コミカライズ
好評連載中！
魂の修復のために異世界に転生したユータ。
異世界で再スタートすると、ユータの素直で可愛らしい様子に
周りの大人たちはメロメロ。
おまけに妖精たちがやってきて、魔法を教えてもらえることに。
いろんなチートを身につけて、目指せ最強への道？？
いえいえ、目指すはもふもふたちと過ごす、
穏やかで厳しい田舎ライフです！
転生少年ともふもふが織りなす
異世界ファンタジー、開幕！
本体価格1,200円＋税　ISBN978-4-8156-0334-2
ツギクルブックス
https://books.tugikuru.jp/

ツギクルブックス

愛読者アンケートに回答してカバーイラストをダウンロード！


愛読者アンケートや本書に関するご意見、ありぽん先生、Tobi先生へのファンレターは、下記のURLまたは右のQRコードよりアクセスしてください。

アンケートにご回答いただくとカバーイラストの画像データがダウンロードできますので、壁紙などでご使用ください。

https://books.tugikuru.jp/q/202004/yasashiikazoku.html

本書は、「小説家になろう」（https://syosetu.com/）に掲載された作品を加筆・改稿のうえ書籍化したものです。

優《やさ》しい家族《かぞく》と、たくさんのもふもふに囲《かこ》まれて。
～異世界《いせかい》で幸《しあわ》せに暮《く》らします～

2020年4月25日　初版第1刷発行

著者　ありぽん

発行人　宇草 亮
発行所　ツギクル株式会社
〒106-0032　東京都港区六本木2-4-5
TEL 03-5549-1184
発売元　SBクリエイティブ株式会社
〒106-0032　東京都港区六本木2-4-5
TEL 03-5549-1201

イラスト　Tobi
装丁　AFTERGLOW

印刷・製本　中央精版印刷株式会社

ISBN978-4-8156-0570-4
Printed in Japan

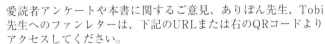